마음으로 읽는
오빠의 시

여 는 글

2020년 큰오빠의 장례식이 있었습니다. 형제 중에 처음으로 맞이한 이별 앞에 각자 어떻게 슬픔을 정리해야 하는지 모른 채 그렇게 시간이 흘렀습니다. 그러던 중 오빠가 불편한 몸으로 틈틈이 정리한 시집을 발견했습니다. 삐뚤빼뚤한 글씨, 정리되지 않은 글의 모음집이지만, 오빠와 나이 차이가 크게 나던 저는 오빠의 생각을 조금이라도 알 수 있는 그런 소중한 유품이었습니다.

제 기억 속 오빠는 항상 몸이 불편한 모습이었습니다. 1947년에 첫째 아들로 태어난 오빠는 어렸을 때 부모님의 사랑과 관심을 받으며 건강한 모습이었다고 하셨습니다. 5살에 친척 오빠와 냇가에서 물놀이하다가 돌의 이끼를 밟아 미끄러졌고 그때 목을 심하게 다치셨습니다. 그 후 바로 병원으로 달려가 치료를 받았지만 안타깝게도 오빠는 그 이후, 그리고 평생 팔과 다리가 불편한 장애를 갖게 되었습니다.

저는 막내로 태어났지만, 어머니의 사랑은 항상 오빠 몫이었습니다. 어머니는 마지막에도 60이 넘은 큰아들을 걱정하며 눈을 감으셨습니다. 20년 가까이 차이가 나는 큰오빠는 제 기억 속에 항상 장애가 있었지만 총명하셨고, 젊었을 때는 집

* * *

안일도 가능하실 정도로 움직이실 수 있었습니다. 그럼에도 어머니의 눈에는 그저 자신이 돌봐야 하는 아기였나 봅니다.

장애를 가진 가족이 있다는 것이 이러저러한 이유로 남들에게는 불편한 요소로 보일 수도 있지만 저희 어머님은 홀로 7남매를 키우시며 아픈 아들에게 최선을 다하시는 모습이셨습니다. 그런 어머니의 모습에서 우리 형제자매들은 장애가 그저 불편한 요소가 아닌 삶에 대한 태도를 배웠는지도 모르겠습니다. 장애가 있었지만 항상 열심히 살고 있는 오빠가 마음에 쓰였던 언니는 같은 회사에 다니는 신앙심이 깊은 지금의 올케언니를 시골집에 놀러 가자고 데리고 오셨고 그날 이후 큰오빠의 끊임없는 구애 편지로 올케언니 마음이 움직였다고 합니다. 그리고 75년, 제가 중학생일 때 결혼하였습니다.

60이 넘은 제가 아직도 그날이 기억나는 이유는 올케언니 친정 가족 모두가 눈물바다가 된 모습 때문인 것 같습니다. 나중에 들은 얘기로는 올케언니가 결혼식 전날에 장애가 있는 오빠와 결혼한다고 말해서 올케의 친정 식구들이 큰 충격을 받아 그날 그렇게 눈물바다가 되었다고 합니다. 지금 생각해보니 올케언니가 정말 대단하다는 생각노, 친정 식구들의 마음도 모두 이해가 됩니다.

결혼 1년 후 첫째 조카가 태어났고 온 마을 사람이 축하를 해주었습니다. 오빠의 결혼도 기적 같은 일이었지만 조카가 태어난 것도 기적이었습니다. 그 후로 둘째가 태어났고 78년 겨울 봉산동 고갯길을 자전거를 타고 올라오시다가 넘어지셔서 크게 다치신 후 오빠는 아예 바깥출입을 못 하게 되셨습니다. 올케 언니는 아픈 오빠를 대신해 바깥일을 하시고 시어머니를 모시며 정말 열심히 사셨습니다. 효부상을 타실 정도로 항상 겸손하고 모든 것을 신앙의 힘으로 이겨내신 모습이 저희 형제들에게 큰 깨달음을 줍니다.

저는 오빠와 나이 차이가 많은 덕에 첫째 조카가 초등학교에 다닐 때까지 같이 살며 그 모습을 옆에서 지켜보았습니다. 제가 상담을 전공하고, 그 이후 장애아동에 대해 더 관심을 가지고 상담을 한 이유도 오빠 때문인 것 같습니다.

오빠는 혼자서 많은 것을 할 수 없었지만, 이처럼 함께 한 이들에게 많은 깨달음을 주는 존재였습니다.

그 오빠의 죽음 후 발견된 시집을 정리하다 보니 불편한 자신을 평생 돌봐준 아내와 어머니에 대한 사랑이 절절히 녹아

* * *

져 있었습니다. 이렇게 마지막까지 정말 사랑이 무엇인지 다시 한번 깨닫게 하는 오빠는 아무것도 할 수 없는 장애를 가진 오빠가 아니라, 너무 많은 것을 알려주는, 역시나 큰오빠라는 생각이 듭니다.

오빠는 몸이 불편하지만, 삶을 참으로 사랑하셨던 것 같습니다. 그리고 아무것도 할 수 없는 가운데도 타인에 대한, 사물에 대한 사랑이 넘치셨던 것 같습니다... 몸이 불편함에도 삶을 정말 사랑한 오빠의 글들이 누군가에게 위로와 사랑을 주기를 소망하며 이글을 기록합니다.

최병직 유작시

마음으로 읽는 오빠의 시

몸을 자유롭게 움직일 수 없는
장애를 가졌지만 아름다운 마음의 날개로
시를 그려냈습니다 오빠의 시선으로 그린
세상을 이 한 권의 시집으로 엮었습니다

최수안 편저

목 차

오빠의 시

목 차

가족이 오빠에게

마음으로 읽는
오빠의 시

오빠의 시

어머니 마음

어머니 마음은 하늘일까?
바다일까?
우리 어머니 마음에는 항상 무지개가 떠 있지

자식을 향한 어머니의 마음에는 바보가 살고 있나 보다
자신보다 자식 생각만 하시고

어머니 마음에는 추울 때는 따뜻한 화로가 있고
더울 때는 시원한 바람을 부쳐주는 부채가 있다

그래서 자식들은 어머니 마음 그리워하지
그래서 자식들은 어머니 마음 그리워하지

＊ ＊ ＊

어머니 마음

몸이 불편하신 큰오빠는 평생 엄마의 손길이 많이 갔던 자식이었다. 자신을 어린아이처럼 보살펴 주시던 어머니가 돌아가시고 어머니에 대한 그리움이 너무 커서 70이 넘은 나이에도 엄마 생각에 닭똥 같은 눈물을 흘리셨다. 그런 큰오빠의 사모곡을 시로 표현하신 것 같다.

한 자 한 자 삐뚤삐뚤 써진 시 안에 오빠의 절절한 사모곡이 들어있다. 오빠에게 엄마는 추운 겨울에는 따뜻한 화로 같고 더운 여름에는 시원한 부채 같으신 분이셨다. 당신 생각은 조금도 하지 않으시고 오로지 큰아들이 잘못될까 봐 오빠 옆을 떠나지 못하셨다. 다른 자식들이 며칠이라도 집에 놀러 오라고 하면 큰아들 생각에 하루도 못 계시고 큰오빠 집으로 가시곤 하셨다.

어머니와 큰오빠는 평생 서로를 의지하신 것 같다. 당신이 돌봐야 하는 아들 때문에 더 열심히 사셨고 큰오빠는 그런 어머님께 걱정 안 끼쳐 드리려고 불편한 몸으로도 항상 웃으시며 밝게 사셨다.

오빠의 시를 정리하며 든 생각은 어느 멋진 시인의 아름다운 미사여구가 아니더라도 간결한 그 시 안에 어머니에 대한 오빠의 사랑이 절절히 느껴진다. 나에게 우리 오빠는 최고의 시인이시다.

내 사랑 봄바람이어라

내 사랑 봄바람이어라
내 사랑 봄바람이어라
고단한 삶 힘들어할 때
인생길 동반자 되어 가만히 손 내밀어 준 사람
봄바람처럼 내 곁으로 왔지
날 위해 목숨 걸고 아파하며 흘린 눈물 땀방울
고맙소 고맙소

내 사랑 봄바람이어라
내 사랑 봄바람이어라
더럽혀진 옷 빨아주고
맛있는 밥상 차려주고
아픈 몸 봄바람처럼 만져주고
고맙소 고맙소

* * *

내 사랑 봄바람이어라

내가 중학교 때 큰올케 언니를 처음 봤다. 큰 키에 검정 원피스를 입고 둘째 언니와 함께 우리 집에 놀러 왔다. 첫인상은 고상하고 멋있는 어른으로 보였다. 언니는 정신과 신체가 건강한 사람이었다. 언니가 우리 집에 놀러온 그날 중도 장애가 있어서 하반신이 불편한 오빠와 첫 대면을 했고 그 이후 오빠의 용기 있는 구애에 신앙의 힘으로 결혼하게 되었다.

결혼 후 언니는 오빠를 최고의 남편으로 대우해 주셨고 한 번도 장애가 있는 오빠를 무시하거나 함부로 대하지 않았다. 남편으로 존중하고 존경하는 모습은 자녀들도 그대로 보고 배워 아빠를 최고의 아빠로 존중했다. 그런 모습이 정말 고맙고 존경스럽다. 언니는 딸 넷을 낳고 평생 여자로 살기보다는 장애가 있는 오빠를 대신해 가장 역할을 해야 했다. 그런 언니에게 오빠는 마음으로 늘 미안함과 고마움을 안고 살다 가셨다.

그 마음을 시로 표현하셨지만 100분에 일도 표현하지 못한 것 같다. 이 시대에 만나기 힘든 그런 멋진 우리 언니, 큰오빠랑 결혼하시고 한결같은 사랑 주시고 열심히 살아줘서 감사합니다.

새장 밖 풍경

날개가 있어도 날지 못하고
다리가 있으나 걷지 못하네
새장 안 세상은 10평

새장 밖 세상은 어떤 모습일까?
그림으로 그려보고
글로써 표현해 보네

새장 안 풍경
내 사랑 새끼들 조잘조잘
새장 밖 풍경을 이야기하네

새장 밖 훨훨 날아
여기저기 가고 싶은 마음 간절하네
새장 밖 봄, 여름, 가을, 겨울
온몸으로 느끼고 싶네

새장 밖 풍경
마음속에 남아 있는 아름다운 세상
꿈에서라도 훨훨 날아보고 싶다
꿈에서라도 훨훨 날아보고 싶다

* * *

새장 밖 풍경

오빠는 5살 때 척추를 다치셨지만, 불편한 다리로 자전거를 타고, 다니시면서 여러 가지 일을 하셨다. 둘째 딸을 낳고 다리가 안 좋아져서 수술했지만, 수술이 잘못되어서 30년 가까이 집안에서만 생활하셨다.

어쩌다 오빠 집에 가면 오빠는 늘 성경책을 보고 계셨다. '집 안에만 있으니 얼마나 답답할까?'라는 생각을 많이 했는데 오빠는 항상 웃음을 잃지 않으셔서 신기하다는 생각을 했었다. 오빠 시에 '새장 밖 풍경'이라는 시를 읽어보니 바깥 생활을 많이 동경하셨구나, 라는 것이 느껴져서 마음이 짠했다. 오빠, 하늘나라에서는 자유롭게 훨훨 날아다니고 계시겠지요? 오늘따라 오빠가 더 그립습니다.

비 오는 날

후드득후드득
창문을 두드리는 빗방울 소리
앞산에 초록이 넘실넘실 춤을 춘다
빗방울 머금은 초록이 춤을 춘다

후드득후드득
창문을 두드리는 빗방울 소리
앞마당 앵두나무 물방울 꽃 피었네
빗방울 머금은 앵두가 춤을 춘다

후드득후드득
창문을 두드리는 빗방울 소리
내 마음에 떨어져 울림처럼 퍼져간다
빗방울 머금은 내 마음이 춤을 춘다

* * *

비 오는 날

비가 많이 쏟아진다. 이런 날 오빠는 어떤 마음이었을까? 창문을 통해 보는 바깥세상을 시로 옮겨 놓으셨다. 집 앞산의 모습을 보면서 사계절을 경험하신 오빠. 새싹이 돋아나는 연초록 봄의 산, 초록이 우거진 여름의 산, 알록달록 가을의 산, 흰 눈이 덮인 겨울의 산을 바라보면서 사계절을 경험했을 오빠의 마음이 궁금해진다.

1년 365일 혼자서는 아무 곳도 갈 수 없었던 오빠는 집 안에서 바깥세상에 대한 동경이 크셨을 것 같다. 그래서 오빠의 마음을 시로 남겨놓은 것 같다.

몸으로 경험할 수 없었던 사계절이지만, 마음으로는 춤추는 아름다운 세상을 경험하신 우리 오빠. 비가 내리는 오늘은 오빠와 따뜻한 커피 한잔하고 싶은 그런 날이다.

해바라기

해가 좋아 해만 바라보네
해가 좋아 해바라기 되었나

해 맑은 환한 미소로
노란 꽃잎 활짝 핀 해바라기 되었나

해를 향한 내 마음
갈색 보석에 촘촘히 담아
그 사랑 너무 무거워 고개를 숙였네

해를 사랑해 해만 바라보네
그 사랑 부끄러워 고개 숙였네

해를 향해 빙글빙글
해를 향한 내 마음
멈출 수 없어 해바라기 되었네

＊ ＊ ＊

해바라기

해바라기 꽃말은 동경, 숭배, 기다림, 당신을 바라봅니다. 라고 한다. 앞마당에 해바라기가 자라고 꽃 피우고 씨앗을 품은 모습을 보면서 오빠는 하나님만 바라보고 있는 자신과 닮았다고 생각하셨을 것 같다. 해바라기가 해님을 사랑해서 고개를 숙인 모습처럼 오빠도 하나님만 의지하고 하나님을 사랑하는 힘으로 살아가셨을 것 같다.

하루 종일 혼자 집에 있으면서 늘 성경책을 읽고 찬양을 듣고 기도하시던 오빠. 힘든 시간을 좌절하거나 원망하거나 고통스럽게 생각하지 않고 긍정적인 삶을 살다 가실 수 있었던 이유는 무한한 사랑을 주시는 하나님의 사랑을 경험했기 때문이 아닐까?

오빠는 이 땅에서의 행복보다는 하늘에 소망이 있어서 살아갈 수 있으셨다. 오빠에게 해바라기 사랑은 하나님을 향한 사랑과 같다. 세상에는 아름다운 꽃들이 너무도 많지만 '당신을 바라봅니다'라는 해바라기 꽃말처럼 하나님만을 바라보던 오빠에게 해바라기는 세상에서 가장 아름다운 꽃인 것 같다.

팽이

돌아라 돌아라 멈추지 말고 돌아라
사람들은 가는 세월 멈추고 싶어 하지만
멈춘들 무엇 하리 돌아라 돌아라

돌아라 돌아라 멈추지 말고 돌아라
너를 치는 손길 아프지만
멈춘들 무엇하리 돌아라 돌아라

돌아라 돌아라 멈추지 말고 돌아라
내가 살아야 하기에 너를 치는구나
멈춘들 무엇하리 돌아라 돌아라

돌아라 돌아라 멈추지 말고 돌아라
나도 너처럼 쉼 없이 돌고 싶구나
멈춘들 무엇하리 돌아라 돌아라

＊ ＊ ＊

팽이

팽이가 돌아가는 모습에서 오빠의 바람을 투영시킨 것 같다. 아이들의 장난감 팽이가 돌아가는 모습을 보면서 삶의 마지막을 아쉬워하기보다는 힘든 세월 빨리빨리 지나갔으면 하는 마음이 느껴진다. "너를 치는 손길 아프지만 돌아라"라고 표현하신 부분은 아무것도 할 수 없는 자신에게 계속 채찍질하듯 하는 심리적인 갈등을 묘사하신 것 같다. "내가 살아야 하기에 너를 치는구나"라는 표현은 좌절하지 않기 위해 스스로 마음을 담금질하는 모습처럼 그려졌다.

나도 너처럼 쉼 없이 돌고 싶다는 표현에서는 아무것 할 수 없는 자기 모습보다는 생동감 있게 돌고 있는 팽이의 모습을 부러워하고 있다고 느껴졌다. 팽이가 돌아가는 모습을 보면서 아무것도 할 수 없는 자기 자신이지만 시로 표현된 모습은 채찍질도 하고 위로도 하며 살아내기 위한 많은 내적 갈등이 보였다.

그냥 그 자리

뒷산에 소나무 그냥 그 자리
언제나 그 자리에 서 있네
새 둥지 아가 새가 태어났네
묵묵히 팔 벌려 새 둥지 지켜주네

뒷산 소나무 그냥 그 자리
언제나 그 자리에 서 있네
눈 쌓여 부러진 가지 상처 싸매고
봄날에 찾아올 나그네 기다리네

뒷산 소나무 그냥 그 자리
언제나 그 자리 서 있네
긴 목 내밀고 나그네 기다리네
지나가던 나그네 쉼 그늘 되어주네

뒷산 소나무 그냥 그 자리
언제나 그 자리 서 있네
양팔 벌려 숲속 동물 놀이터 되어주네
그냥 그 자리 모든 것 다 품어주네

* * *

그냥 그 자리

우리 오빠는 뒷산 소나무 같은 향기가 나는 사람이다. 사계절 늘 푸른 소나무처럼 변함없이 그 자리에서 우리들의 버팀목이 되어주셨다. 오빠는 언제나 항상 그 자리에서 우리들을 묵묵히 지켜주셨다. 가족을 위해 늘 기도해 주시고, 동생들 생일날이면 가장 먼저 전화해서 축하해 주고, 가족들 대소사를 다 챙기시던 오빠. 신체적으로는 힘든 삶을 사셨지만, 마음은 늘 우리와 함께 계셨다.

우리들의 큰 그늘이 되어 주셨던 큰오빠. 그 누구보다 당당하고 멋지게 사시는 모습을 보면서 동생들은 더 열심히 살 수 있는 힘을 얻었다. 우리 오빠는 소나무 같은 사람이셨다. 그런 오빠가 하늘나라에 가신 후 에도 뒷산의 소나무는 그냥 그 자리에 서 있다. 오늘따라 오빠의 향기가 그리워지는 밤이다.

아궁이

아궁이는 마음이 넓은 어머니 같아
바람에 떨어진 낙엽도
삭풍에 부러진 가시나무도
아궁이 속에서 불꽃으로 타오르네

아궁이는 마음이 넓은 어머니 같아
무쇠솥 달구어 밥도 짓고
국도 끓이고 어머니 손맛 칼국수도 끓이고
아궁이 속 불꽃은 만능 요리사

아궁이는 마음이 넓은 어머니 같아
장작 불꽃 활활 태워
온 가족 모여 있는 아랫목 덮여주고
추위에 곱은 어머니 손 녹여주네

아궁이는 마음이 넓은 어머니 같아
활활 타오르던 불꽃 사그라지면
남은 재는 거름으로 내어주네
아궁이는 모든 것을 다 받아주는 어머니 같아

* * *

아궁이

많은 시에 어머니를 그리워하는 오빠의 마음이 담겨 있다. 아궁이는 정말 우리 어머니 같다. 50에 남편을 떠나보내고 슬퍼할 겨를도 없이 자식들 뒷바라지에 땀 마를 날 없으셨던 어머니. 가장 가까이서 어머니를 지켜보셨던 큰오빠는 그런 어머니의 삶에 대해 많이 안타까워하셨던 것 같다.

자신을 아궁이 불꽃처럼 불사르며 사셨던 어머니. 남아 있는 재마저도 거름으로 내어주는 아궁이처럼 우리 어머니의 삶은 '희생'이라는 단어가 가장 잘 어울리시는 분이다. 그런 훌륭한 어머니의 희생이 있었기에 우리 4남 3녀와 손자 손녀들까지 다 건강하게 자신의 자리에서 열심히 살아가고 있다고 생각한다.

오빠의 '아궁이' 시를 보면서 아궁이 불꽃처럼 살다 가신 어머니의 사랑이 그리운 날이다.

구름 그림

하늘 도화지에 구름 그림 그렸다
오대양 육대주가 하늘에 그려지고
이슬 바다에 구름 배가 두둥실

하늘 도화지에 구름 그림 그렸다
아름다운 성에서 공주님과 왕자님이
무도회를 열었네

하늘 도화지에 구름 그림 그렸다
수평선 너머 넓고 넓은 바다에
배 한 척 떠 있다

하늘 도화지에 구름 그림 그렸다
우체부 가방 속에 반가운 소식
어머님 하늘에서 편지를 보내셨나

하늘 도화지에 구름 그림 그렸다
비행기 타고 제주 바다 가려나
우리 가족 비행기 타고 있구나

* * *

구름 그림

조카에게 아빠랑 함께하지 못해서 아쉬웠던 것이 무엇이냐 물으니 제주도에 함께 가지 못한 것이 가장 아쉽다 했다. 아빠처럼 엄마도 돌아가시고 후회하지 않아야겠다는 생각해 올여름에 올케언니와 손자 손녀 포함 15명 대가족이 제주도를 다녀왔다고 했다.

오빠는 딸들이 결혼을 한 후 사위들과 1년에 몇 번은 바깥 구경을 하셨다. 한번 외출하려면 몇 사람의 도움이 필요하기에 자주 할 수 없는 바깥 구경은 가족들에게는 큰 행사였을 것 같다. 그래도 한 번씩 외식도 하고 주변을 구경 시켜준 조카 사위들이 정말 고맙다. 30년 동안 집안에서 생활하신 오빠는 병원에 가기 위한 외출이 아닌 그 시간이 너무 소중하고 감사했을 것 같다.

자유롭게 비행기 타고 제주도 하늘을 날아보고 싶으셨을 오빠, 이제는 하늘에서 자유롭고 행복하게 뛰어다니고 계시겠죠?

눈꽃

나뭇가지에 하얀 눈꽃이 예쁘게 피었다
그런데 벌과 나비가 없는 이유는
눈꽃에 향기가 없어서일까?
날씨가 추워서일까?

나뭇가지에 하얀 눈꽃이 예쁘게 피었다
눈꽃이 해님을 만난 후 떨어진 이유는
사랑의 고백을 받아서일까?
이별 통보를 받아서일까?

＊＊＊

눈꽃

막내 올케의 카카오스토리에 저장되어 있는 막내 올케와 오빠의 추억이 담긴 글이다.

“새해 첫날 점심을 먹고 온 가족이 시댁에 갔다. 새해 인사를 하고 난 후 이런저런 담소를 나눈 뒤 우리들을 앉혀 놓고 아주버님께서 지으신 시를 읽어주셨다. 귀여우신 아주버님께서 우리 세 아이에게 시를 읽어주시니 우리 아이들은 꼼짝 못 하고 아주버님 앞에서 시 듣기에 열중할 수밖에 없었다. 사랑하는 아주버님, 그립습니다.”

주름살

마음에 의심을 한 것만큼
이마에 주름살 하나 늘고

마음에 분노를 품은 것만큼
미간에 주름살 하나 늘고

마음에 불평을 품은 것만큼
입가에 주름살 하나 늘고

마음에 미움을 품은 것만큼
미간에 주름살 하나 늘어가네

마음에 희망을 품은 것만큼
이마에 주름살 옅어지고

마음에 감사를 품은 것만큼
입가에 주름살 옅어지네

마음에 사랑을 품은 것만큼
눈가에 주름살 펴진다

세상에서 가장 좋은 화장품은
감사, 희망, 사랑이더라

그립고 보고 싶은 어머니

자식 키우시느라 허리끈 졸라매고
꼬부랑 허리 되기까지 고단한 삶 사셨나요
땅속에 자리를 펴고, 잔디 이불 덮으시고
하늘을 지붕 삼아 깊은 잠
대답이 없으신가요

저 높은 하늘나라에서도
자식들을 위해 기도하시느라 듣지 못하시나요
불러도 불러도 대답이 없으신 어머니
세월 속에 어머니 모습 잊힐까 두렵습니다

마음속 어머니에 대한 사랑도
지금의 행복도 함께 하고 싶은데...
전하지 못한 사연들이 너무도 많기에
가슴을 움켜쥐고 아픔을 견디며
고백하지 못한 한스러움에 눈물만 흘립니다

4.5와 5의 차이

5는 4.5보다 0.5가 크다고 으스대고
4.5는 5보다 0.5가 작다고 주눅 든다

어느 날 4.5는 점 하나를 빼버리고
45가 되어 5 앞에 나타나 큰소리치네
깜짝 놀란 5가 45 앞에 기죽어 있네

인생도 이와 같아
자랑하고 큰소리치던 자가
모든 것 잃고 슬퍼하네

많음을 자랑 말고 없다고 슬퍼 말고
가진 자는 나누고 없는 자는 노력하여
서로서로 함께하는 차별 없는 세상 만들어 가세

＊ ＊ ＊

4.5와 5의 차이

오빠는 살면서 많은 어려움을 경험하셨다. 가장 큰 어려움은 혼자서 할 수 있는 것이 없어서 누군가의 도움을 받아야 하는 것이었다. 그런데도 항상 당당하셨고 가진 것이 없지만 가장 가진 것이 많은 마음이 부자로 살다 가셨다.

겉으로 보이는 것만으로 우리들은 상대방을 평가한다. 4.5와 5가 얼마나 차이가 날까? 우리는 그 작은 것에서도 서로 잘났다고 싸우는 경우가 많다. 인생도 이와 같아 젊음도 부도 명예도 한 조각 구름같아 언젠가는 다 사그라지는 낙엽과 같은 것이다. 함께하면 좋을 차별 없는 세상에 대한 오빠의 소망이 담긴 시이다.

연

멀리멀리 높이 날아라
장애물 두려워 말고
긴 꼬리 흔들며 멀리 날아라

멀리멀리 높이 날아라
넓은 세상 맘껏 날아라
바람 부는 대로 하늘 높이 날아라

멀리멀리 높이 날아라
할 일 많고 갈 곳 많은 세상
희망 안고 멀리 날아라

멀리멀리 높이 날아라
연줄 잡고 같이 날자 꾸나
세상 방방곡곡 날아보고 싶구나

멀리멀리 높이 날아라
방패연 올라타고 날자 꾸나
푸른 하늘 맘껏 날아보고 싶구나

* * *

연

오빠가 사는 세상은 집 안에 있는 TV 속 뉴스와 성경책, 예쁜 딸들이 들려주는 이야기가 전부였다. 어린 시절 기억을 더듬어 하늘을 훨훨 나는 방패연을 생각하시며 본인도 자유롭게 훨훨 날아보고 싶은 소망을 담아 쓴 시를 보면서 '집안에서 얼마나 답답하셨을까?'라는 생각에 마음이 아프다.

딸들이 성장해서 결혼하고 나서 사위들이 오빠를 차에 모시고 여기저기 여행했다는 소식을 들었을 때 많이 감사했다. 제주도행 비행기 꼭 태워드린다던 큰딸의 소망을 이뤄주지 못하고 하늘나라에 가셔서 많이 속상해했는데... 오빠, 이제는 하늘나라에서 자유롭게 여기저기 마음껏 다니고 계시겠지요?

고향 풍경

어머니 품속 같은 따스한 고향
아버지 훈계와 가르침이 그리운 고향
들판을 뛰놀던 친구들이 보고픈 고향
떠나버린 연인의 아련함이 그리운 고향

봄 아지랑이 피어오르던 아련함 같은 고향
초록에 푸르른 날 달려보고 싶구나
바스락거리던 뒷동산 낙엽 밟아보고픈 고향
흰 눈 쌓인 첫 새벽 발자국 남기고픈 고향

세월 속에 묻혀 아련해진 고향
그때 그 모습 찾아볼 수 없지만
마음속에 옛 기억은 아름다움으로 새겨져
몽글몽글 새록새록 피어나는 고향

* * *

고향 풍경

오빠는 태어나서 하늘나라에 갈 때까지 한 번도 고향을 떠나신 적이 없다. 그런 오빠가 고향에 대한 아련한 추억을 시로 쓰셨다는 것은 본인이 장애는 있었지만 혼자서 활동할 수 있었던 건강했던 시절을 그리워하며 쓰셨던 것 같다.

어머니의 따뜻한 품과 엄격하셨던 아버지에 대한 그리움, 친구들과 뛰어놀던 들판에 대한 아련한 추억, 고향 풍경을 생생하게 기억하고 떠올리며 시를 쓰셨다. 어린 시절의 생생한 기억을 얼마나 많이 되뇌며 기억하셨을까? 오빠의 삶에서 가장 행복했던 기억이 고향 풍경이었을 것 같다.

어머니 연기

우리 집 굴뚝 피어나는 연기
어머니의 한숨 섞여 너울너울 날아가네
어머니 한숨 속에 자식 걱정 한가득

우리 집 굴뚝 피어오르는 연기
어머니의 외로움이 사무쳐서 뭉글뭉글 날아가네
혼자서 감당하기 어려워 슬픔 한가득

우리 집 굴뚝 피어오르는 연기
어머니 기쁨 섞여 나풀나풀 날아가네
자식들 배 불리 먹일 생각에 기쁨 한가득

우리 집 굴뚝에 피어오르는 연기
어머니 행복 한 바구니 사뿐사뿐 날아가네
멀리서 오는 자식 기다림에 행복 한가득

＊ ＊ ＊

어머니 연기

옛날 굴뚝에 연기가 피어오르면 밖에서 뛰어놀다가도 집으로 달려갔다. 어머니가 자식들 위해 밥 짓는 연기에는 여러 가지 사연이 담겨있다. 홀로 아궁이 앞에 앉아 수많은 생각을 하셨을 어머니, 그 어머니의 마음이 연기로 승화되어 날려 보내고 어머니는 자식들 앞에서 아무런 걱정도 없는 것처럼 웃음을 잃지 않으셨다.

나도 엄마가 되어보니 늘 자식 생각에 걱정이 떠나지 않는데 홀로 그 어려움을 감당하셨을 우리 어머니는 얼마나 더 외롭고 힘드셨을까? 어머니 마음의 무게가 느껴지는 아침이다.

다른 하나

너와 나 다른 하나
우리와 누군가 다른 하나
그것이 거슬려
없애려 하네

누구나 부족한 한 가지
누구에게나 그림자는 있지
남의 그림자 더 잘 보네
오늘은 나의 그림자를 보자

너와 네가 다르다고
우리와 누군가와 다르다고
품어줄 수 없다면
아무도 사랑할 수 없지

너와 네가 함께하는 하나
우리가 함께하는 하나
그림자도 다름도 인정하는
멋진 세상 만들자

＊ ＊ ＊

다른 하나

오빠는 다름으로 인해 많은 차별과 고통을 받으셨을 것이다. 신체의 어려움 때문에 여러 가지 제약을 받으셨고 그 어려움을 혼자 감당하셨을 것 같다. 세상에 있는 모든 다름을 품어주고 인정하기란 어렵겠지만 다름이 있어서 세상은 더 풍요롭다는 것을 인정하면 좋겠다.

장작

꽃 피우고 열매 맺은 세월
나이테 늘어가 고목 되고
베여서 토막 내어 장작 되었네

한겨울 칼바람 아궁이에 던져지니
불길 속에 활활 타오르며
방안에서 언 몸 녹이며 웃음꽃 피네

베이고 쪼개진 아픔 다 태워
한 줌 재 되어 텃밭에 거름 되어
봄 되면 새 생명으로 다시 태어나리라

* * *

장작

인생이란? 세상에 태어나, 성장하고, 결혼하고, 자녀들이 태어나고, 나이 들고, 늙어지고, 죽음을 맞이하게 된다.

나무도 새싹부터, 고목이 되어 언젠가는 베어지고 한 줌 재로 돌아가는 것이 우리네 인생과 비슷하다는 생각이 들었다. 장작이란 이 시는 오빠의 인생도 다 태워지고 난 후 새롭게 새 생명으로 태어나고 싶다는 바램을 실어 적은 것 같다.

봄비

살포시 내린 봄비
겨우내 쌓인 먼지 씻어 몸 단장하네

살포시 내린 봄비
언 땅 녹이고 땅속 생명 기지개 켜네

살포시 내린 봄비
가지마다 망울 부풀어 봄맞이하네

살포시 내린 봄비
내 영혼 희망 비 되어 돌아왔네

* * *

봄비

오빠는 집 안에서 사계절을 경험하셨다. 창밖으로 보이는 자연의 변화를 더 민감하게 받아들이셨을 것 같다. 앞마당에 올라오는 새싹, 오래된 목련 꽃나무, 앞산에 진달래, 얼마나 그 향기를 맡고 싶으셨을까? 흙냄새, 비 냄새, 초록냄새... 마음 감각으로 오감을 느끼셨던 그 오랜 세월에 오빠 모습이 한 편의 영화처럼 지나간다.

눈으로 보고, 손으로 만지고, 코로 냄새를 맡을 수는 없었지만, 소년처럼 순수한 감성으로 세상을 바라보신 것 같다.

포도나무

팔 벌려 가지가지
알알이 보랏빛 탐스럽구나

농익은 포도송이
세월 속에 묻어 두었다가

붉은빛 포도주 되어
그 맛에 취해보련다

* * *

포도나무

앞마당에는 아버지가 심어놓으신 지 오래된 포도나무가 있었다. 오빠는 술이라고는 입에 대보지도 않으셨는데 그런 오빠가 포도주에 취해보고 싶다는 문구가 참 어색하게 느껴졌다. 오빠는 하나님을 만나지 않았다면 세상을 원망하고 현실을 부정하고 싶어 술에 취해서 사셨을지도 모르겠다고 생각했다.

그렇지만 어렸을 때부터 하나님을 믿고 현실을 받아드리고 감사할 거리를 찾아 긍정적으로 사셨다. 오빠가 그렇게 살 수 있었던 이유는 신앙의 힘과 늘 옆에서 어린아이처럼 돌보시고 걱정하셨던 엄마와 자신에 역할을 묵묵히 감당하며 열심히 살아온 아내가 있었기 때문일 것이다.

오빠는 포도주에 취하지 않고 사랑에 취해서 어려움을 잘 이겨내신 것 같다.

하늘길 횡단보도

하늘로 갈 수 없었던
어둠과 절망의 세월
하늘길에 횡단보도 놓였다

내 안에 욕심 빨간 불, 주황 불
죄악으로 멈추었던 긴 시간
하늘길에 횡단보도 놓였다

속죄로 구원 길 열어놓으신
주님의 십자가 사랑으로
하늘길에 횡단보도 놓였다

초록 불 주님의 십자가 사랑
속죄의 길 열어놓으신 주님으로 인해
하늘길 횡단보도 놓였다

＊＊＊

하늘길 횡단보도

오빠에게 주님은 어떤 분이셨을까? 성장하면서 신체적으로 어려움을 경험하고 다른 사람과 다르다는 인식을 하면서 절망과 원망의 마음이 생기셨을 것 같다.

아무런 희망도 없었던 암흑 같은 그 시간에 하늘을 바라봤고 그곳으로 올라갈 수 있는 주님을 만나셨다. 세상에 소망을 두지 않고 하늘에 소망을 두며 매일매일 주님과 소통하며 그 사랑을 경험했고, 기적을 경험했고, 어려움을 이길 수 있는 힘이 생기셨을 것 같다.

오빠가 건널 수 없는 강처럼 절망과 무기력에 빠져 있을 때 하늘에 놓인 횡단보도, 그 긴 어려움의 세월의 강을 건널 수 있게 해 주신 주님, 오빠의 시를 읽은 나도 그 주님을 의지하고 만나고 싶은 날 이다.

거울

거울은 말한다
깨끗하다 더럽다
예쁘다 못생겼다

거울은 말한다
찡그리지 말고 화내지 말고
우울하지 말고 슬퍼하지 말라고

거울은 말한다
밝은 모습 예쁜 모습 보여주라고
용서하고 사랑하고 감사하라고

거울은 말한다
어제의 모습이 아닌
오늘 지금 여기를 살라고

＊ ＊ ＊

거울

오빠는 거울 속에 비친 자기 모습을 보면서 어떤 생각을 하셨을까? 아프고 힘든 삶을 살고 계셨기 때문에 거울에 비친 자신에 모습은 찡그린 모습이였을 것 같다. 그런 자기 모습을 보면서 찡그리지 말자, 우울해하지 말자, 스스로 수없이 주문하면서 웃는 얼굴을 연습하시지 않으셨을까?

환하게 웃고 있던 오빠의 모습이 그리운 날이다. 오늘은 거울 앞에서 나 자신의 모습을 보면서 잘살고 있는지 점검하는 하루를 시작해 봐야겠다.

7남매 어머니

어머니는 자식이 뭘 원하는지
말하지 않아도 다 아셨다
어디가 아픈지
뭐가 필요한지
무슨 옷을 입고 싶어 하는지
어디를 가고 싶어 하는지
무슨 생각을 하고 있는지

자식은 어머니가 떠난 후에야
비로소 그 마음을 알고 싶어 한다
좋아하시는 음식이 무엇이 이었나?
가시고 싶었던 곳이 어디였나?
누굴 보고 싶어 하셨지?
가장 하고 싶으셨던 것이 무엇이셨지?
아무것도 몰랐다

예쁘게 화장하고 예쁜 옷 입고
좋은 곳 여행하고 싶어 하신 줄 몰랐다
“나는 물만 발라도 피부가 좋아”
“나는 아무거나 입어도 다 예쁘다고 해”
“나는 아무거나 다 잘 먹어”
“나는 가고 싶은 곳이 없어”
그 말이 다 사실인 줄 알았다

우리 어머니도 여자이고 사람인데
그냥 어머니인 줄만 알았다
항상 언제나 그 자리에 계셨기에
언제나 그 자리에 계실 줄 알았다
어머니가 떠난 후에야
그 자리가 얼마나 큰 줄 알았다
그 자리가 얼마나 소중한 줄 알았다

이제는 모든 것 다 해드릴 수 있는데
이제는 함께 여행도 하고 싶고
맛있는 것도 해드릴 수 있고
원하시는 것 다 해드릴 수 있는데
어머니는 그 자리에 없다
7남매를 키우려고 자신을 다 나누어준 어머니
7남매 가슴에 큰 사랑으로 남아 있다

먹음에 대하여

먹어서 사는 것이 있고
먹어서 죽는 것이 있다네
아담과 하와는 먹지 말라는 선악과를 먹었고
에서는 팥죽 한 그릇에 장자권을 팔았네
먹지 말아야 할 것을 먹어서 고난 길 살았네

먹어서 사는 것이 있고
먹어서 죽는 것이 있다네
생명의 말씀을 먹으면 매일매일 감사가 넘치고
날마다 주시는 만나를 먹을 수 있다네
욕심을 내려놓으면 지킬 수 있는 것이 많다네

먹어서 사는 것이 있고
먹어서 죽는 것이 있다네
인생 고달프다 잠시 단것 먹으면
순간의 행복은 짧고 고통은 영원하다네
입에 쓴 약이 몸에는 좋다네

＊＊＊

먹음에 대하여

우리는 살기 위해서는 먹는다. 오빠가 다양한 주제로 시를 쓰셨지만 '먹음에 대하여'는 생각을 많이 하게 하는 시다. 예전에는 먹을 것이 귀해서 흰 쌀밥 한 그릇이면 행복해하던 시절이 있었다. 생일이나 잔치에서 볼 수 있었던 흰 쌀밥. 지금은 먹을 것이 넘쳐나서 문제가 되고 있다.

아이들도 단것을 많이 먹어서 소아 당뇨나 각종 질병에 걸리는 경우가 많다. 먹거리가 너무 풍요로워서 문제이지만 각종 미디어의 홍수에 빠져 있는 것도 문제이다. 어떤 것이 진짜인지? 가짜인지? 뉴스조차도 구분하기 어려운 시대에 살고 있다. 사람들은 더욱더 큰 자극을 원하고 그것을 돈벌이 수단으로만 생각한다. 마약 같은 극약도 서슴지 않고 유통시키고 있다.

이러한 시대에 '먹음에 대한 오빠에 시'는 많은 생각을 하게 한다. 잘 먹고 잘 살아 간다는 것은 만나가 지천으로 널려 있어도 욕심부리지 말고 최소한의 것만 가져와야 또 다른 내일이 보장된다는 것을 오빠가 풍요로 넘쳐나는 이 시대에 알려주고 싶었던 교훈인 것 같다.

봉산동 고갯길

봉산동 고갯길
가파른 길 고생길
고개 넘어갈 때 불평했지, 원망했지
이 길 아닌 따른 길 없나?

봉산동 고갯길
구불구불 험난한 길
그 길 넘어갈 때 철없는 아이처럼 투정했지
평탄대로 있다던데

봉산동 고갯길
천천히 오르다 보면 어느새 내리막길
좋았던 때 기뻤던 때도 있었지
내리막 달리다 보면 힘든 것 다 잊어버리지

봉산동 고갯길
인생길과 똑같아
오르막이 있으면 내리막도 있다네
내리막 내려오면 평탄대로 있더라

＊ ＊ ＊

봉산동 고갯길

봉산동 고개는 집에 가기 위해서는 꼭 넘어가야 하는 고개다. 일반인들이 넘기에는 약간 가파른 정도의 고개였지만 오빠는 다리가 아프셨기 때문에 그 고개를 넘을 때 남들보다 두 배는 힘드셨을 것 같다. 30년 전 오빠는 그 고개를 넘다가 넘어져서 그 후로는 바깥출입을 하실 수 없게 되었다. 오빠에게 봉산동 고개는 희로애락이 담긴 인생 고개였다.

하나님 만나서 행복한 사람

가진 것 없어도 몸이 불편해도
많이 배우지 못했어도
하나님 만나서 행복하다네

세상 친구 없어도 옷이 없어도
멋진 구두 없어도
하나님 만나서 행복하다네

내 눈물 닦아주고 내 편 되어주고
나를 믿어주시는
하나님 만나서 행복하다네

공중을 나는 새를 보라 모든 것 거저 주셨는데
하물며 나는 하나님 자녀인 것을
하나님 만나서 행복하다네

아무것 없어도 배우지 못했어도
건강하지 않아도 세상에서 가장 부자인
하나님 만나서 행복하다네

* * *

하나님 만나서 행복한 사람

혼자서 아무것도 할 수 없었던 오빠가 가장 많이 의지하고 믿었던 하나님과 어머니에 대한 무한한 사랑을 시로 많이 표현하였다. 오빠의 삶을 인간의 시각으로 봤을 때는 행복할 조건이 하나도 없었는데 늘 웃으시고 긍정적으로 생각하고 세상 누구보다 마음 부자로 살아가셨던 이유는 하나님께 모든 것을 맡기는 삶을 사셨기 때문인 것 같다.

많은 것을 갖고 있으면서도 늘 불평 불만했던 나의 모습이 부끄럽게 느껴진다. 지금 가진 것에 감사하는 삶을 살아야겠다고 생각하게 하는 아침이다.

삶의 무게

삶의 무게는 얼마나 될까?
누구에게는 무겁기가 천근만근
고달픈 삶 천근만근보다 더 무거우랴

누구에게는 무미건조한 덧없는 삶
새털처럼 가벼워 값의 무게로 따질 수 없어
누구에게는 청양고추보다 더 맵고
누구에게는 외로움이 소금보다 더 짜네
누구에게는 달기가 꿀맛 갖고
누구에게는 곶감보다 더 달콤하다네

나의 삶에 무게는 얼마나 될까?
지구 짊어진 듯 짓누르는 그림자의 무게는 잴 수가 없네
그래도 그래도 헛되이 살아갈 수 없기에
오늘 하루 감사로 시작해 보자

＊ ＊ ＊

삶의 무게

오빠는 몸으로 움직여서 삶의 무게를 감당할 수는 없으셨지만, 가장으로서 역할을 하지 못하는 것에 대한 마음을 짓누르는 감당하기 어려운 무게를 견디며 평생을 살아가셨을 것이다. 그런 오빠를 눈치 보지 않게 하기 위해 언니는 더 열심히 몸으로 사셨다.

누구에게나 삶의 무게는 있지만 신은 그것을 감당할 만한 그릇을 주셨다고 생각한다. 오빠는 육체를 사용해서 그 무게를 감당할 수는 없으셨지만, 마음에 큰 그릇을 주셔서 그 무게를 잘 견디며 살아가신 것 같다. 그래서 살아계시는 동안 자녀들에게 존경받는 사람으로 살아갈 수 있었던 것 같다.

친구

친구여
뒷동산 함께 뛰놀고
앞 개울에 물장구치던
그리운 친구여

마음속 깊은 얘기하지 않아도
눈빛만으로도 알아주던
그리운 친구여

보고 싶어도 안부가 궁금해도
달려가지 못하는 맘
말하지 않아도 알아줘서 고마워

잘 있었나? 요즘 어떻게 지내나?
자주 볼 수 없지만
안부 물어봐 주면 감동이 돼

친구여
그리운 친구여
고맙고 고마워
내가 부족해서 미안하네

＊＊＊

친구

오빠에게 친구는 어떤 의미였을까? 많이 궁금했었다. 오빠가 써 놓은 시를 보면서 '친구를 많이 그리워했구나'라는 생각이 들었다. 혼자만의 시간을 보내면서 어릴 때 함께하던 친구들이 생각나고, 그래도 가끔, 아주 가끔 찾아와 주던 친구에 대한 고마운 마음을 시로 남겨 놓으셨다. 마지막에 "부족해서 미안하네"라는 글이 마음을 아프게 한다.

양심

양심에는 나를 보여주는 거울이 있어요
그래서 깨끗해야 해요

양심은 인격이에요
그 사람이 어떤 사람인지 알 수 있어요

양심은 하라고 하기도 하고 하지 말라고 하기도 해요
깃털처럼 가벼워서 훅 불면 날아가나요
솜털처럼 부드러워서 따뜻하기도 해요
의지가 약해 바람처럼 훌훌 날아가기도 해요
정이란 것이 눈곱만큼도 없는 냉동인간 같기도 해요
무디고 무뎌져서 얼음처럼 차갑기도 해요
소나무같이 곧은 절개가 있기도 하죠

양심은 속일 수 있으나 나를 속일 수는 없어요
선한 양심, 의로운 양심, 곧은 양심
모두 내가 선택한 내 몫이에요

* * *

양심

“양심에 털이 났다”라고 옛 어른들이 말씀하시는 것을 들었을 때 그 말이 이해가 안 되었다. ‘양심에 털 난 사람은 어떤 사람일까? 정말 양심에 털이 날 수 있을까?’라는 말도 안 되는 생각을 했었다.

나이가 들면서 양심에 털 난 사람을 종종 보게 되었다. 상대에게 마음을 주고 없는 가운데 나눔을 한 사람에게 뒤통수를 치는 사람, 자기 자신밖에 모르는 사람, 내 것은 내 것이고 남의 것도 내 것인 사람, 끊임없이 받기만 하려는 사람... 그런 사람들이 양심에 털 난 사람이 아닐까? 오빠의 글처럼 곧은 양심, 선한 양심으로 살아가는 것은 내가 선택한 내 몫이다. 내 자신의 거울에 비춰 봤을 때 떳떳하다면 양심에 털은 나지 않겠지?

소통

잘난 맛에 산다지만
목소리 커야 최고
듣는 귀 닫고
마음에 열쇠 채워놓고
소통에 문 닫았네

잘난 맛에 산다지만
네 탓 남 탓 불신 세상
냉랭함만 가득한데
외롭다 불통이다
불평불만 가득하네

귀 열어놓고
목소리 낮추고
손 내밀어 잡아주면
불통은 사라지고
소통이 살포시 화답하네

* * *

소통

오빠는 뉴스에서 나오는 정치인들이 자주 싸우는 모습을 보면서 마음 아파하셨다. 세상과 소통하는 유일한 창구인 TV에서 늘 다른 정당 탓만 하고 화합하지 못하는 모습을 볼 때면 이 나라를 걱정하는 말씀을 많이 하셨고 그럴 때마다 나라를 위한 기도를 하셨다.

정치인들의 모습은 그때나 지금이나 변함이 없다. 나라를 잘 이끌어 달라고 국민들이 소중한 한 표 한 표를 행사해서 뽑아줬는데 귀는 닫고 입만 열어서 자기들의 이권만 챙기려 하는 모습을 볼 때면 한탄스럽다. 이제라도 듣는 귀 열고 마음에 문 열고 낮은 자세로 국민과 소통하는 정치인들이 된다면 이 나라의 미래가 밝을 것 같다.

시계

시간을 알리는 임무를 띠고 째깍째깍
빨리 가도 안 돼요 천천히 가도 안 돼요
정해진 길 따라 초침, 분침, 시침이 경주하네

어제도 오늘도 1분 1초 오차도 없이
일 년 삼백육십오일 수명을 다하는 그날까지
누군가의 발자취 기록해야 하기에
째깍째깍 잘도 가네

째깍째깍 날 밝았네 째깍째깍 약속 시간
매일매일 똑같은 일 반복하니
지겹다, 힘들다, 고달프다, 불평불만 할만한데
째깍째깍 오늘도 묵묵히 자기일하네

＊ ＊ ＊

시계

시간에 가장 민감하기도 무디기도 한 삶을 사셨을 오빠의 모습이 떠오른다. 시간이 아침을 알려도, 점심때가 되어도, 변함없이 매일 똑같은 일상을 사셨을 오빠. 혼자 움직이거나 원하는 것을 하실 수 없었기에 같은 공간에서 째깍거리는 시계를 바라보며 시간이 빨리 지나가기를 원하셨을 것 같다.

모두가 나가버린 텅 빈 집안에서 밭에 나간 어머니와 아내를 기다리며 시계만 바라보셨겠지? 아이들이 학교를 마치고 돌아오는 시간이 되면 언제 오나 시계만 바라보셨겠지? 그 긴 기다림에 시간에도 언제나 변함없이 오빠와 시간을 함께해 준 시계, 그 시계가 오빠의 기다림에 외로움을 달래주는 친구였을 것 같다.

종이비행기

어린 손녀 종이에 정성스럽게
할아버지 할머니 그리고 종이비행기 곱게 접어
여행 잘 다녀오시라고 멀리멀리 날리고
태풍이 오지 마라 비야 내리지 마라
두 손 모아 간절히 기도드리네

어린 손녀 종이에 정성스럽게
할아버지 할머니 그리고 종이비행기 곱게 접어
안전하게 오시라며 멀리멀리 날리고
하늘길 바라보며 긴 목 내밀고
이제나저제나 오시기만 기다리네

* * *

종이비행기

어릴 때 종이비행기를 접어 누가 더 멀리 날리나 시합하던 기억이 있다. 종이비행기에 돌아가신 부모님을, 그리고 멀리멀리 날리면서 언제나 오시려나 기다리는 마음을 시로 적은 것은 삶과 죽음으로 갈려서 만날 수 없는 안타까움을 사람이 탈 수 없는 '종이비행기'를 등장시켜 보고 싶은 부모님에 대한 간절한 그리움을 표현하신 것 같다.

남편이란 이름으로

당신은 누구십니까?
아무개란 이름 석 자로 살면서 이름값은 하셨나요?
누구누구 자식으로 살면서 자식 도리 하셨나요?
누구누구 남편으로 살면서 남편 도리 하셨나요?
누구누구 아버지로 살면서 아버지 도리 하셨나요?
나 자신에게 물어봅니다

이것저것 따져봐도 살면서 남편 도리 가장 못 했네요
고마운 아내에게 사랑한다는 말 한마디 못 했네요
아름답던 아내의 목소리는 거칠고 투박해지고
곱디곱던 얼굴 물끄러미 바라보니 주름살이 겹겹이
아름답던 옛 모습 세월 속에 묻히고
검은 머리에 흰머리가 언뜻언뜻 보이네요

물끄러미 바라보니 내가 너무 무심했구려
아껴주지 못해서 미안하오
사랑 주지 못해서 미안하오
고운 당신 고생시켜 미안하오
당신을 바라보니 애처로워 반성이 절로 되네요
못난 남편 부족한 남편 사랑해 줘서 고맙구려

* * *

남편이란 이름으로

오빠에게 올케언니는 세상 전부였다. 불편한 몸으로 살면서 남편 노릇 못하는 오빠에게 단 한 번도 눈치 주지 않았고 홀로 무거운 짐을 다 감당한 멋진 분이다. 그런 아내에게 고맙고, 미안하고... 여러 가지 감정이 드셨을 것 같다. 그런데도 전형적인 한국 남자로 부드러운 말 못 하고, 고맙다는 말 못 하고, 사랑한다는 표현 한 번 못 한 것에 대한 후회가 이 시에 담겨 있다.

오빠가 자녀들에게도 당당한 아빠로 살아갈 수 있게 해준 멋진 올케언니 생전에는 듣지 못하셨지만, 오빠의 시를 통해 오빠가 얼마나 언니를 사랑하고 고마워했는지 언니에게 들려드릴게요. 전하지 못한 오빠의 사랑을 이제라도 받아주세요.

빨간 장미 꽃다발

빨간 립스틱 바르고
방긋 웃으며 환한 미소 띠고
담장에 수줍게 고개 내민 빨간 꽃다발
누가 나를 위해 준비한 선물인가?

수줍은 듯 미소 지으며
영롱한 물방울 머금은 빨간 장미꽃
담장이 나에게 준 선물이기에
나도 환한 미소로 화답하네

＊ ＊ ＊

빨간 장미 꽃다발

살면서 꽃다발을 받으면 누구나 행복해진다. 나 또한 생일이나 기념일에 꽃다발을 받고 참 행복한 기억들이 있는데 오빠는 살면서 꽃다발을 받아본 적이 있으셨을까?

생일에 아이들이 챙겨드렸을 것 같기도 하다. 담장을 타고 올라온 빨간 장미꽃을 보고 담장이 오빠에게 주는 꽃다발 선물이라고 생각하며 시를 쓰신 오빠, 그런 풍부한 감수성이 있으셔서 어렵고 힘든 환경에서도 밝은 모습을 잃지 않으셨던 것 같다.

시간

화살같이 빠른 시간
나에게는 천년같이 긴 시간

보석보다 귀한 시간
뛜 수 없어 만년같이 지루한 시간

눈 깜짝할 사이 지나간 시간
1분이 100시간처럼 느리게 가는 시간

느림보처럼 긴 시간 지나갔지만
젊음은 쏜살같이 가버렸네

오늘도 시간이 나를 기다려
그래도 반갑다 찾아와 줘서

* * *

시간

오빠에게 시간의 의미는 우리와 다르게 경험되셨을 것 같다. 하루가 천 년 만 년처럼 길게 느껴지다가도 무엇인가 해야 할 때는 너무 빠르게 지나가 버리기도 하는... 식사하실 때 밥을 한 수저 뜨는 과정도 남들의 두 배가 걸리셨다.

그런데도 천천히 그 시간을 잘 사용하셨고 그 사이사이 이렇게 시도 남겨 놓으셨다. 건강한 사람들이 24시간을 살고 있다면 오빠는 48시간을 살아내셨다. 나의 시간 낭비가 반성이 되었다.

허기

아침밥 먹는 둥 마는 둥
입맛을 잃었네

점심이 훨씬 지나간 시간
허기진 배 꼬르륵

저녁 시간 찬밥 더운밥 가리지 않고
게 눈 감추듯 밥 한 공기 뚝딱

진수성찬 아니면 어때
허기가 진수성찬이네

부족함을 모르니 허기도 모르지
허기를 모르니 감사도 모르네

＊＊＊

허기

배탈이 나서 밥을 먹지 못하고 점심때가 되니 허기를 느끼고, 허기지니 반찬이 필요 없이 모든 것이 맛나게 느껴진다는 아주 일상적인 내용을 적어놓으셨다.

지금 시대는 부족함을 잘 모르고 살고 있다. 그래서 맛집을 찾아다니고 웬만한 것에는 혀가 맛나다는 반응을 하지 않는다. 자극적이고 화려한 음식에 마음을 빼앗긴다. 자연적이고 거친 음식이 몸에는 좋다고 하는데 그런 음식에는 관심이 적다. 음식에 부족함이 없어서 각종 성인병이 우리를 지배하고 있다.

먹거리가 부족했던 시절에는 늘 허기지고 모든 음식이 입에 달고 맛났다. 지금 우리에게 필요한 것은 넘쳐나는 화려한 음식이 아니라 삼시세끼 적당히 먹는 것이 건강을 지킬 수 있다는 것을 오빠가 은유적으로 표현하신 것 같다.

오늘

오늘 하루 어떠했나요?
눈코 뜰 새 없이 바빴나요?
하릴없이 무료하게 보내셨나요?
행복하셨나요?
슬펐나요?

하루가 천년같이
힘들었어도 지나가고
죽을 것같이 슬퍼도 지나가고
너무너무 행복해서
붙잡고 싶어도 지나가네요

오늘은 또 지나가고
또 다른 오늘이 기다리고 있네요
힘들어도 아파도
슬퍼도 오늘이 지나가면
내일은 괜찮아질 거라는 희망을 안고
또 다른 오늘을 기다려 봐요

＊＊＊

오늘

매일 반복되는 일상이지만 오늘이라는 시간은 계속 다른 모습으로 찾아온다. 온종일 집에서 무료하게 보내면서도 또 다른 희망을 안고 새로운 오늘을 기다렸을 오빠처럼 나도 새롭고 희망찬 오늘을 만들어 보자. 내일은 또 다른 모습의 오늘을 맞이해 보자.

삶이란?

미완성에서 완성으로
어린아이에서 어른으로
고달픔, 아픔, 상처, 극복하며 나아가는 것

꿈을 위해 달려가며
행복을 위해 춤을 추네
오만, 혈기, 욕심 버려야 참다운 삶을 살지

캄캄한 밤 지나면
밝은 내일 오듯이 때로는 실망하고 낙담하지만
언제나 그랬듯 다시 살아내는 것

그것이 삶인 거지
그렇게 살아내는 거지

* * *

삶이란?

오늘 나는 시험을 보기 위해 새벽부터 달렸다. 새벽 시간이지만 많은 사람이 고사장에 와 있었고 숨 막히는 시험시간이 지나갔다. 시험이 끝나고 허탈한 마음이 들었다. 편안하게 좋은 것만 하면서 살아갈 수 없을까? 누가 떠민 것도 아닌데 왜 이렇게 어렵게 살아가는 것일까? 라는 생각이 머리를 가득 채웠다. 오빠는 삶은 살아내는 것이라고 하셨다. 그래 나는 오늘도 열심히 삶을 살아냈다. 오빠가 살아계셨으면 늦은 나이라고 포기하지 않고 박사과정을 마무리한 것도, 이렇게 또 다른 도전을 한 것도 잘했다고 막냇동생을 자랑스러워하셨을 것 같다. 오늘도 멋지게 삶을 살아낸 나를 칭찬한다.

상상의 날개

상상의 날개 활짝 펴고 날아보자
어디든 꿈꾸는 세계로
시간, 공간 초월하여 우주 끝으로 날아보자

한 번도 가본 적 없는 그곳
누군가에게 듣고 가슴속에 깊이 품었던
상상의 세계로 날아보자

어린 왕자가 살았던 소박한 작은 별과
은빛 고운 모래가 펼쳐진 백사장으로
초록이 일렁이는 환상의 세계로 날아보자

누군가에게는 현실에서 가능한 그곳이
나에게는 상상으로만 가볼 수 있다네
상상의 날개 활짝 펴고 훨훨 날아보리라

* * *

상상의 날개

집안에서만 생활했던 오빠는 세상에 대한 호기심이 많으셨다. 건강하셨다면 여기저기 많이 다니셨을 텐데 그러지 못하셨기 때문에 상상의 날개를 펼치시고 어린 왕자가 사는 별나라까지 다녀오셨나 보다.

왜 그랬을까?

세월이 흘러 흘러 저만치 갔는데
왜 그랬을까? 왜 그랬을까?
후회만 쌓이네

그때 그 시간 그 자리 되돌릴 수 없는데
왜 그랬을까? 왜 그랬을까?
후회만 쌓이네

후회한들 무엇하리 되돌릴 수 없는 것을
허공에 외쳐봐도 대답 없는 메아리
후회만 쌓이네

* * *

왜 그랬을까?

살면서 후회하는 일들이 참 많다. 그때 그 말을 하지 말고 조금 참았더라면, 그때 좀 더 열심히 할 걸, 그때 그 장소에 가지 않았더라면 등... 오빠는 가장 많이 후회했던 일은 무엇이셨을까? 본인이 선택할 만한 판단력이 없었던 어린 나이에 냇가에 갔다가 사고를 당하셨고 바로 처치가 이루어지지 않아 장애를 입으셨다. 내가 오빠라면 '그날 그 자리에 가지 않았더라면' 하고 후회를 가장 많이 했을 것 같다. 그날 오빠가 그 자리에 가지 않았다면 오빠는 어떤 삶을 사셨을까?

브레이크

빠르게 변하는 세상
속도 경쟁 세상을 바꾸네
빠른 자만 이기는 강박관념이 팽배하네
빨리 가기 위해 수단 방법 안 가리네
과속질주 막기 위해 단속카메라 돌아간다

인생도 똑같아
브레이크 없이 달리기만 하지
성공을 향해 쉼 없이 과속질주
성공은 이뤘지만 환경오염 빨간불
양심 브레이크 환경 브레이크 밟아야 할 때
멈춤을 모르면 지구는 검은 눈물

* * *

브레이크

브레이크는 생명을 살리는 아주 중요한 장치이다. 브레이크를 밟아야 할 때 밟지 않는다면 생명이 위험하다. 경제성장을 이뤄서 편안함은 얻었지만, 환경오염으로 인한 지구 파괴라는 엄청난 대가를 치러야 한다는 사실을 간과했다. 홍수와 기온상승 등 기상이변으로 인해 많은 사람이 목숨을 잃고 있다. 우리는 후대에 물려줘야 하는 자원을 너무 많이 당겨쓰고 있다. 이제는 멈춰야 할 때이다.

오빠는 그런 부분에 대한 걱정을 시로 남겨 놓으셨다. 우리는 성장을 위해 지켜야 할 너무 많은 것들을 낭비했다. 이제는 후대를 위해 브레이크 밟고 멈춰서 환경을 살리기 위한 노력이 필요한 때인 것 같다. 삶도 그렇다. 멈추지 않고 달리기만 한다면 건강을 잃거나 주변 사람들이 다 떠나가거나 인생에서 가장 소중한 것들을 잃어버릴 것이다.

아카시아꽃

연녹색 잎 속에 하얀 알밥 알알이 달고
매달린 아카시아꽃
하얀 꽃잎 방긋 열더니 향기 온 산에 퍼져나가네

하얀 꽃잎 속에 노란 수술 달고
살랑살랑 부는 바람에
향기 온 동네 날리네

꿀벌들이 아카시아꽃 앞에서 춤을 추네
노란 아카시아꿀 입에 한가득 물고
꿀벌 여왕님 행복한 만찬 시작되네

＊ ＊ ＊

아카시아꽃

5월에서 6월 사이에 온 동네에 아카시아 꽃향기가 퍼져나갔다. 공해가 없던 시절에 아카시아꽃을 따다가 쪄서 밥도 해 먹고 떡도 해 먹었던 기억이 있다. 아카시아꽃은 향기가 좋아서 벌들이 많이 찾아오기도 하고 꿀에도 독특한 아카시아꽃만의 향기가 난다.

오빠도 어린 시절 아카시아꽃에 대한 추억이 많으셨을 것 같다. "아카시아 꽃잎 하얀 알밥 알알이 달고"라는 표현이 매우 정겹다. 집 안에서 창문을 통해 들어오는 아카시아 향기를 맡으시며 시를 적으셨을 오빠의 모습이 그려진다.

엄마 손 요술 손

뚝딱뚝딱 칼질하고 자글자글 끓여서
조몰락조몰락 맛있는 요리 뚝딱
온 가족 둘러앉아 싱글벙글 행복 먹네

엄마 손 요술 손
빗자루 들고 걸레질하니
집안이 반짝반짝 깨끗한 유리알 같네
엄마 손 만능 청소기

엄마 손 요술 손
우는 아이 토닥토닥 품에 안고
사랑으로 다독이니 울음 그치고 스르르 꿈나라
엄마 손 요술 그네

＊ ＊ ＊

엄마 손 요술 손

어릴 때 엄마는 못 하는 것이 없는 전지전능한 사람 같았다. 뚝딱뚝딱 음식을 만들어 내고 4남 3녀의 자녀들의 손빨래를 하고 그 사이사이 밭에 가서 풀을 뽑고 곡식을 키우고 쉼 없이 하루하루를 사셨다. 그러나 정작 본인을 위한 시간은 없으셨다.

오빠는 평생을 엄마와 가장 많은 시간을 함께하셨다. 엄마의 옆에서 그렇게 살고 계신 엄마를 보면서 여러 가지 감정이 드셨을 것 같다. 어려워도 한 번도 어렵다는 표현을 하지 않으시고 묵묵히 삶을 살아내신 엄마를 보면서 자식들은 그런 엄마가 대단하다고 생각했다. 모든 것을 혼자서 다 감당하셨던 엄마의 요술 손으로 만들어 내는 칼국수가 그립다.

울 엄마 바보

허기진 배 허리끈 졸라매고
너희들 먹어라 많이 먹어라
배부르시다며 물 한 대접 꿀꺽
울 엄마 바보

해진 옷 입으시고
자식들 새 옷 입히고
새 옷 한 벌 없으셔도 행복한
울 엄마 바보

오로지 자식 생각에
당신 삶은 제쳐놓고
자식 바라기
울 엄마 바보

＊＊＊

울 엄마 바보

옛날 부모님들은 자식들을 위해 많은 희생을 하셨다. 우리 엄마는 특히 더 그러셨던 것 같다. 연세가 드셨을 때 보석이 박힌 반지 하나를 사드렸는데 그것을 항상 손가락에 끼고 계셨다. 나는 우리 엄마도 여자라는 것을 그때 알았다.

물만 발라도 피부가 좋다시며 당신을 위해서는 작은 것도 쓰지 않으시던 울 엄마, 아픈 큰오빠를 늘 챙기시며 특유에 손짓으로 당신 마음을 표현하셨는데... 당신은 챙기지 않으시고 자식들만 챙기시던 모습을 보면서 오빠는 마음이 아프셨던 것 같다.

백목련

겨우내 꼭꼭 숨겨두었던 얼굴
하얀 속살 부끄러워 보송보송 솜털 덮고
봄비에 꽃봉오리 단장하고 봉긋 나타나지
그 맘 안듯 구름 그림자 살짝 가려주네

봄바람 살랑살랑 얼굴 만져주네
백옥같은 하얀 속살 드러내고
만개한 꽃잎 너울너울 춤을 추네
지는 꽃잎 아쉬워 먹색 되어 떨어지네

* * *

백목련

집 앞마당에 백목련 있었다. 봄이 되면 가장 먼저 꽃을 피우고 봄 소식을 알렸다. 겨우내 얼었던 땅이 녹았을 때 봄의 전령사로 찾아왔다. 오빠에게 가장 먼저 봄을 알려주는 백목련이 온 마당을 환하게 밝혀주면 오빠도 봄을 느끼며 행복해하셨을 것 같다. 좀 더 봄을 느끼고 싶으셨을 텐데 봄비에 무심히 떨어지는 목련꽃을 보면서 많이 아쉬우셨나보다.

목련은 나무에 피는 연꽃이라 해서 '목련'이라는 이름이 붙여졌다고 한다. 짧지만 고귀함을 간직하고 피었다 지는 백목련처럼 우리 오빠도 그런 고귀한 삶을 살다가 가셨다.

봄마중 꽃 마중

봄이 오면 산천에 꽃 잔치가 열린다
꽃들이 초대장을 보내며 날 보러오라 부른다

봄은 기지개를 켜며 온 산천에 꽃망울을 터트린다
꽃들은 방방곡곡 소리 없는 아우성으로 피어난다

봄은 그렇게 익어가고 사람들도 봄처럼 분주하다
떨리는 마음 버선발로 나선 꽃 마중 길

폭신한 흙길에서 발걸음이 느려진다
아름다움에 눈길을 빼앗겨 시간이 멈춘 듯하다

세속과 분리된 듯 산천은 꽃 마중으로 행복하다
봄을 같이 마신다 품는다

* * *

봄마중 꽃 마중

오빠가 써 놓으신 글 중에 봄과 꽃에 대한 글들이 여러 개 있다. 오빠는 봄을 많이 기다리고 봄이 오는 순간을 매우 행복하게 맞이하셨던 것 같다. 춥고 지루한 겨울이 지나고 새로운 생명이 싹트며 꽃들이 피어나는 희망찬 봄이 되면 오빠의 움츠렸던 어깨도 기지개를 활짝 켜고 봄맞이에 취해 행복한 하루를 시작하셨을 것 같다.

신체적인 어려움을 갖고 오랜 시간을 집 안에서만 생활하셨는데 봄을 이렇게 아름답게 표현하신 것을 보면 우리 오빠는 타고난 시인이다.

봄 내음

산들거리는 봄바람이 따사롭다
화사한 꽃 지천으로 피어나고
산들산들 봄바람 불면
어깨춤이 절로 난다

겨우내 움츠렸던 꽃망울
기지개 켜며 경쟁하듯 피어나고
그 아름다움은 어느 화가의 작품일까?
봄날의 순풍 온몸으로 맞는다

거리마다 초록이 봄을 연주하고
계절의 첫 번째 인사를 제일 먼저 전하고픈 봄
봄의 향연이 펼쳐지면
향긋한 봄 내음이 나를 설레게 한다

* * *

봄 내음

겨울을 견뎌내고 새롭게 생명을 탄생시키는 계절의 여왕 봄, 오빠는 유독 봄을 좋아하셨던 것 같다. 새롭게 피어나는 새싹의 생명력과 앞마당과 앞산에 피어나는 꽃들을 창을 통해 보면서 겨우내 움츠렸던 어깨도 활짝 펴시고 봄 내음에 취해서 행복해하시는 모습이 그려진다.

얼마나 답답하셨을까? 추운 겨울 같은 삶을 사시면서도 늘 긍정적이고 희망적인 생각을 하셨기에 그렇게 아름답게 삶을 마무리하실 수 있었던 것 같다.

거울

깔끔하게 면도하고 머리를 매만지고
정결한 모습으로 거울을 본다
시간이 지나면 어느새 덥수룩한 수염 흐트러진 머리
수염이 자라는 것을 느낄 새도 없이 순간 자란다

거울을 보지 않으면
수염과 머리가 자랐다는 것을 잘 느끼지 못한다
내 모습이 보기 싫어 어느새 거울을 보는 것이 부담스럽다
그런 내 모습을 나보다 남이 더 잘 보고 느끼겠지?

나도 모르게 자라난 수염과 머리카락처럼
내 마음속에 자라나는 나쁜 마음이 있다
원망하는 마음, 미워하는 마음, 시기하는 마음
익숙함 때문에 깨닫지 못하고
다른 사람의 모습을 판단하고 있는 내 마음에 거울도 있다

거울을 보면서 내 겉모습을 수시로 가다듬듯
감사함으로 사랑으로 행복함으로
내 속마음도 가다듬자 내면이 아름다운 사람이 되자
내 마음에 거울이 아름다워지면 내 겉모습도 마음에 들겠지?
세상의 모든 것도 아름답게 보이겠지?

＊ ＊ ＊

거울

내면에 거울을 보자고, 마음이 아름다운 사람이 되자고 생각하며 시를 쓰신 오빠. 자신의 삶을 돌아보면 면도도, 머리를 감는 것도 스스로 할 수 있는 것이 아무것도 없었던 오빠가 가족이 도와줘도 마음에 들지 않았을 때가 얼마나 많았을까? 부정적인 상황 때문에 불평과 불만이 가득할 수밖에 없었음에도 오빠가 늘 감사함으로 환한 웃음을 유지할 수 있었던 것은 오빠의 마음의 거울을 수시로 보고 점검하면서 자신을 다듬으셨기 때문일 것이다.

불쑥불쑥 올라오는 부정적인 감정을 억누르고 감사함으로 채워가셨을 오빠 모습을 떠올리면서 감사할 일이 너무 많음에도 불구하고 감사하지 못하고 있는 내 모습을 바라보며 부끄러워졌다. 겉모습만 가다듬지 말고 내면이 아름다운 사람이 되자고 다짐해 본다.

기도

욕심이 너무 많아
나를 위해 기도했네

욕심이 너무 많아
내 가족만을 위해 기도했네

욕심이 너무 많아
건강 달라 기도했네

욕심이 너무 많아
부자 되게 해 달라 기도했네

우리 주님 이미 나에게 다 주셨는데
욕심이 너무 많아 달라 달라 기도했네

나라 위해 기도하고
북한 동포를 위해 기도하고
하나님을 모르는 영혼을 위해 기도하고
고통받고 아픈 사람들을 위해 기도합니다

지금 모습으로 결혼할 수 있어
감사기도 드립니다

지금 모습으로 사랑하는 네 딸을 주셔서
감사기도 드립니다

지금 모습만으로도
감사합니다 감사합니다

＊＊＊

기도

기도라는 시를 읽으면서 내가 오빠의 입장이라면 '왜 하필 내가 사고를 당하고 힘들게 살아야 하나?'라는 원망의 기도를 많이 했을 것 같다. 30년을 집 안에서 누군가의 도움을 받아야 생활할 수 있는 불편함에 대한 원망과 가장으로서 역할을 하지 못하는 것에 대해 미안함과 죄책감으로 우울하게 생활하며 하나님에 대한 원망이 있었을 것 같은데, 오빠는 늘 웃으시며 찬송하시고 기도하시는 모습을 많이 봤었다. 오빠가 적어놓은 '기도'라는 시에서 자신을 위해 기도한 것에 대해 죄스러워 하는 마음과 그리고 나라를 위한 기도, 북한 동포를 위한 기도, 하나님을 모르는 영혼을 위한 기도, 아픈 사람들을 위한 기도를 하지 못한 것에 대한 죄책감에 대하여 쓰신 글을 보고 잠시 마음이 숙연해졌다.

몸도 불편하고 여러 가지 어려운 형편에도 불구하고 지금 자신이 가진 것에 대한 감사기도를 하셨다는 것을 생각해 보면서 나 자신이 부끄러웠다. 오빠에 비하면 나는 너무 많은 것을 가진 부자인데 감사하지 못한 것에 대해 다시 한번 생각하며 감사기도를 드렸다.

이름값

세상 모든 만물에는 이름이 있다네
그 이름으로 존재가치를 나타낸다네
사람으로 태어나 이름값 못했네
오히려 이름에 먹칠하니 한심하지

사람으로 태어나 이름값 못했네
부끄럽고 초라한 내 모습
이름값 못하고 살았네
부끄럽고 초라한 내 모습 잡초인가?

잡초에도 이름은 있다네
들판에 하얗게 핀 꽃은 달걀꽃
길가에 노랗게 핀 꽃은 민들레꽃
잡초에도 이름이 있다네

그래그래 나 최병직
아파도 힘들어도 내 이름 있지
나를 알고 있는 모든 사람
내 이름 기억하고 있다네

아파도 힘들어도
아들이고 남편이고 아빠로
내 이름 최병직으로 살아있음에
내 이름값 잘한 것이겠지?

＊＊＊

이름값

오빠는 최병직이라는 이름으로 한세상을 살다 가셨다. 오빠가 '이름값을 못 하고 살아가나?'라는 고민을 많이 하셨던 것 같다. 자신에 대한 부적절한 감정이 시에 고스란히 나타나 있었다. 오빠가 살아계실 때 말해주지 못해서 아쉽지만, 오늘은 꼭 말해주고 싶다. 오빠는 그런 모습으로 가정을 이루고 하루하루 최선을 다해 살아내신 것 자체로 너무나 훌륭하셨다고, 우리들의 가슴에 큰 사람으로 이름값 하셨고 대단한 삶을 사셨다고...

망모가

어머니는 쪼그리고 앉아서
김도 매고 나락도 고르고 나물도 다듬고 빨래도 하고
어머니는 쪼리고 앉아서 솥뚜껑 닦고
자식들 돌보느라 허리 펼 날 없어 꼬부랑 할머니가 되었네

어머니
그립고 보고 싶어 불러봅니다
자식 키우느라 허리띠 졸라매고
허리 한번 펴지 못한 고단한 삶 사셨기에
쉬고 싶어 땅속 침대 삼아 눕고 계시나요?
잔디 이불 덮으시고 하늘 지붕 삼아 깊은 잠 주무시나요?
불러도 대답 없는 어머니

어머니
하늘나라에서도 자식들을 위해 기도하시느라
불러도 듣지 못하시나요?
세월 속에 어머니 모습 잊힐까 두렵습니다
손자 손녀 재롱 형제들 기쁜 소식
전하지 못한 사연이 너무 많아
가슴이 메는 아픔 견디고 있습니다

어머니
감사하다고 사랑한다고 말하지 못한 것
후회되어 눈물만 흘러내립니다
불러도 불러도 대답 없으신 어머니
사무치게 그리워서 눈물만 흐릅니다
살아생전 마음 아프게 해드려 죄송합니다
만나면 꼭 안아드리고 사랑한다고
감사했다고 말하겠습니다

* * *

망모가

오빠에게 엄마는 어머니 그 이상이다. 어릴 때 사고로 장애를 입으시고 어머니 보살핌을 평생 받고 살아오셨기 때문에 어머니가 돌아가셨을 때 모든 것이 무너지는 듯한 감정을 경험하셨을 것 같다. 자식으로써 도리를 하지 못하고 평생 보살핌만 받고 살아온 것에 대한 죄송스러움과 감사함, 여러 가지 감정이 섞여 있으셨을 것 같다.

엄마가 돌아가셨을 때 흘리시던 오빠의 눈물이 지금도 잊혀지지 않는다. 오빠의 시를 정리하면서 얼룩얼룩한 부분들이 있어서 이 글을 쓰시면서도 어머니가 그리워 눈물을 흘리신 건 아닐까? 마음이 아팠다. 오빠! 이제 천국에 함께 계시니 건강한 모습으로 엄마 꼭 안아드리세요.

마음으로 읽는
오빠의 시

가족이 오빠에게

우리 아빠

큰 딸

우리 아빠는
휠체어를 타고
산으로 강으로 어디든
발길 닿는 곳으로
마음껏 가고 싶어 하셨다

우리 아빠는
웃음을 나눌 줄 아는 아빠
힘들고 지친 이들에게
아프고 괴로운 이들에게
힘내라고
웃음으로 나눠주셨다

우리 아빠는
노래하는 아빠
음이 안 올라가 삑삑
온 힘 다해서 삑삑 하지만
신나고 즐겁게
노래하셨다

길고 길었던 아빠의 기도

둘째 딸

어렸을 적 항상 길고 지루하게 느껴졌던
아빠의 기도와 말씀들...
손님이 왔는데도 해주고 싶은 덕담이 많아 길~게
말씀하시다가 엄마가 옆구리를 쿡 찔러서야 정리하셨던
아빠의 길고 길었던 말씀과 기도!

엄마는 말씀하셨다
네 아빠는 식사 기도를 무슨 창세기부터 말라기까지 한다고
많은 것을 알려주고 싶어 늘 애썼던 아빠의 기도와 덕담
지금에서야 녹음하지 못한 것이 아쉽고
다시 들을 수 없음에 눈물이 난다

지금 이 시각
아빠의 길고 길었던 마음 가득 담은 말씀들이
사무치게 그립고 또 그리워서 눈물이 난다

＊ ＊ ＊

길고 길었던 아빠의 기도

오빠 집에 놀러 가면 오빠는 환한 웃음으로 맞이해 주셨다. 식사할 때면 오빠가 기도를 하셨는데 기도가 너무 길어 중간에 눈을 한 번씩 떠 본 적이 있다. 소박한 밥상에 대해서도 감사할 것이 어찌나 많으셨던지... 우리는 어쩌다 방문할 때 경험하는 것이지만 매일매일 함께 하는 딸들은 어땠을까? 속으로는 힘들었을 수도 있었겠지만 아빠의 기도가 끝날 때까지 작은 두 손을 모으고 기다렸던 딸들의 마음이 아름답다.

이제는 오빠 집에 가도 오빠의 기도는 들을 수는 없다. 이상하게도 오빠의 기도는 없는데 오빠의 기도가 귓전을 맴돈다. 오빠는 우리 모두의 마음속에 그렇게 자리하고 계셨다.

마지막

둘째 딸

평생 몸이 불편하셨던 아빠에게는 병원이 익숙한 곳
자주 입원하셨고
그 수만큼 퇴원하셨다

숨쉬기가 답답하다고 감기로 시작했던 입원
늘 그랬듯이 금방 퇴원하실 거로 생각했다

그 런 데

기도삽관을 하고 중환자실에 들어가셨다
의식 없는 중환자실 환자들 속에서 아빠는
그 누구보다 또렷한 정신으로 모든 상황을 견디셔야 했다
고통스러운 기도삽관을 뺀다고 결정했을 때
가족들과 인사할 수 있게 병실로 옮겨졌다

그렇게 세희 언니와 작은아버지들과 아빠 곁을 지키면서
멀리 있는 분들께 영상통화를 하며 얼굴을 보여드리고
아빠의 귀에 수없이 속삭이며 찬송가를 불러드리고
또 들려드렸다

기도삽관으로 말을 하실 수는 없었지만
입 모양으로 집에 가고 싶다고... 목마르다고...
보이지 않는 식구들을 물으셨다

병원에서 육체는 이미 끝인데 아빠가 의식을
붙잡고 계신거라고...
아빠는 마지막 순간까지 삶의 기대를 저버리지 않고
의식 있게 가셨다

아빠의 정신을 담기에는 아빠의 육체가 너무너무 약했지만
끝까지 최선을 다해 살아내신 우리 아빠

아빠가 천국 가시고
코로나가 창궐했다
가족과의 마지막 인사도 쉽지 않았던 코로나!

아쉬움이 너무너무 많지만 아빠의 마지막은 복되게 가셨다

아론의 싹 난 지팡이

셋째 딸

엄마는 80세가 되어서야 깨달았다고 하셨다
아빠가 아론의 싹 난 지팡이였다는 것을...

아론의 싹 난 지팡이는 성경에 나온다

아빠는 마른 막대기 같은 사람이었다
지체 장애 1급의 몸으로 뭘 할 수 있었겠나

하나님의 긍휼하심과 은혜로 장애가 있는 몸으로도
네 딸들을 낳았고
그 자녀들이 또 결혼해 자손이 많아졌다

마른 막대기에서 싹이 나고 꽃이 피고
열매를 맺는 것이 어디 가능한 일인가?

마른 막대기 같은 우리 아빠가 유순자 엄마를 만나
싹을 틔우고
자녀들의 열매를 주렁주렁 맺으셨다

＊＊＊

아론의 싹 난 지팡이

어떤 사람은 건강한 육체를 가졌는데도 자녀가 없어서 마음고생하는데 오빠는 지체 장애 1급인데도 딸 넷의 아빠가 되었다. 기적 같은 일이다. 오빠에게 네 명의 딸은 귀한 보석 같은 자녀들이다. 혼자서 움직일 수 없는 몸으로 30년을 넘게 살아오신 오빠. 딸들은 그런 아빠의 모습을 보면서 성장했다. 그런데도 어느 딸 하나 남들은 다 한다는 사춘기도 없었다. 부모님 말씀에 다 순종하고 착하게 성장했다. 이것 또한 기적 같은 일이고 내가 조카들에게 항상 고마워하는 일이다.

오빠는 하늘나라에 가고 안 계시지만 딸들의 마음에는 오빠의 삶 전체가 녹아 있어 아직도 아빠를 그리워하고 아빠를 대신해 엄마를 챙기는 모습들은 네 명의 천사들인 것 같다. 마른 나뭇가지에 싹이 난 아론의 지팡이처럼 오빠 가정에서의 모든 것들은 하나님의 계획이 아니셨다면 불가능했을 일들이고 그래서 네 명의 조카들이 더 귀한 것 같다.

떡국

2020. 1. 1. 새벽 2시 반쯤 요로결석으로 인한 왼쪽 옆구리 통증이 시작됐다. 만삭의 몸으로 토를 하고, 숨도 못 쉴 만큼 엄청난 통증을 참아 내며 아침을 맞이했다.

엄마는 저러다 뱃속 아기가 잘못되면 어쩌냐고 속을 썩으셨다. 귀가 어두우신 아빠는 밤에 난리가 나고 딸이 아팠었는지도 모르셨다. 휠체어에 앉아 해맑게 웃으시며 하시던 말씀, "새해가 밝았으니 떡국 끓여서 먹을까?" 밤새 아기 걱정과 무시무시한 통증을 참아 내느라 지치고 예민한 나는 아빠의 말씀이 왜 그리도 야속하게 들리던지...

보청기 착용 전이라 잘 알아듣지도 못하는 아빠에게 딸은 지금 아파 죽겠다고 화를 냈다. 그때는 몰랐다. 그날이 아빠와의 마지막 만남이었고, 마지막 대화였다는 것을...

둘째 출산이 오늘 내일이라 나는 아빠를 보러 갈 수가 없었다. 왜 하필이면 난 1월 1일에 아파서 우리 아빠가 떡국 한 그릇을 못 드시게 했을까? 많고 많은 날 중에 출산일이 하필이면 지금이어서 아빠도 못 보고, 손 한번 잡아 보지도 못하고, "아빠, 미안해. 아빠, 사랑해"라는 말도 못 하고 인천 집에서 그저 울기만 하며 아빠를 떠나보내야 했는지... 자책이 들고 괴롭고 슬펐다. 많이 슬펐다.

기도삽관을 오래 해서 말씀도 못 하시고 소리도 안 나오는데 "이래는?"이라고 입 모양으로 셋째딸을 찾으셨다는 말씀에 가보지도 못하는 나는 어디지도 서러지도 못하고 종일 울고만 있었다. 아빠가 찾으실 때 얼굴을 보여드리지 못해 죄송하고 아빠와의 마지막 시간을 손 한번 못 잡아 보고 함께하지 못해서 또 죄송하다.

그리고 막달을 아픔과 깊은 슬픔으로 보낸 엄마로서 둘째 딸 나율이에게도 미안하다. 새해를 맞이하며 기쁨과 기대로 먹는 떡국이 나에게는 후회요, 한스러운 떡국이 되었다.

아빠! 철없었던 셋째 딸을 용서하세요.

셋째 딸

남다른 다리

막내 딸

남다른 다리가 있는 우리 아빠
우리 아빠의 다리는
막대기 다리

막대기처럼 쭉 뻗어져 있어
자유롭게 움직일 수도
걸을 수도 없는 막대기 다리

썰매 타듯 방안을 누비시다
4개의 전동 바퀴가 생겨
좀 더 자유롭게 움직이게 되었지만
아름답고 좋은 것들 많은 세상을
마음껏 다녀 볼 수는 없었네

이제는 천국에서
구름 마차, 황금 마차 타고
어디든 자유롭게 다닐 수 있으니
얼마나 좋으실까

아니 천국에서는 튼튼한 두 다리로 마음껏 걷고 뛰고
신나게 달리며 행복하게 살고 계시겠지

P.S

태어나 한 번도 아빠가 서서 다니는 모습을 보지 못했는데 막내딸 천국에 가면 아빠, 두 발로 뛰어와 저를 맞이해 주세요. 번쩍 안아 목마도 태워주시고, 우리 손잡고 함께 걸어 보아요.

아빠 나무

막내 딸

아빠 나무가 봉산리 206번지 땅에 뿌리를 내렸다
다른 나무들처럼 튼튼하지 못하고 연약했지만
뿌리를 깊게 내리며 자라갔다

비가 오고 눈이 오고 거센 바람이 불어와도
수많은 시련 속에서도 아빠 나무는 206번지 땅에 서 있었다
시간이 흘러 206번지 땅에 4명의 아이가 태어났다

아이들이 아기였을 때도
학교 갔다 왔을 때도
놀러 갔다 왔을 때도
직장 갔다 왔을 때도
결혼해서 왔을 때도
손주를 데리고 왔을 때도

언제나 그 자리에서 맞이해 주었다
언제나 그 자리에서 지켜봐 주었다

많은 시간이 흐른 어느 날
아빠 나무가 병이 들어 많이 힘들어했고
결국 아빠 나무의 생명이 다 하는 날이 왔다
변함없이 늘 그 자리에서 우리를 지켜봐 주고
맞이해 주었던 아빠 나무의 뿌리가 뽑히었다

75년 동안 뿌리 내린 커다란 나무의 뽑힌 자국이
그 빈자리가 사랑하는 이들의 마음에
커다란 슬픔과 그리움을 남겼다

이제는 아빠 나무의 빈자리를
4명의 딸과 4명의 사위, 9명의 손주가
채워가고 있다
예전부터 지금까지
우리의 버팀목이 되어주는 아빠 감사합니다

우리 할아버지

손녀 이지후

나는 어렸을 때 몰랐다
우리 할아버지가 왜 휠체어를 타고 계시는지
근데 나는 할아버지가 왜 휠체어를 타시는지 알겠다
처음에 난 그저 장난치시는 줄 알았다
그래서 가끔 휠체어에 탔다

나는 지금도 생각난다
우리가 놀고 있을 때 우리를 보시면서
기도하셨던 할아버지가
나는 할아버지께서 무엇을 하시는지 궁금했다
아직도 기억이 난다 할아버지의 행동들이
그중에 나는 기도하시는 모습이 가장 인상 깊었다
나는 지금도 생각난다

나의 소원 하나 할아버지를 꼭 안아드리고 싶다
할아버지 언젠간 할아버지 품으로 갈게요
사랑해요

우리 할아버지

손녀 이지담

우리 할아버지
다리가
아파
항상 휠체어 타고 다니셨지

나는 할아버지가 웃을 때 참 행복해
하하 하하
나도 할아버지처럼 웃자
하하 호호
웃는 할아버지 보고 싶어요

외할아버지

손자 권태율

하늘나라에서 보고 계시죠?
저희는 할아버지가 보고 싶을 때
사진을 봐요

할아버지 물건은 안 만질게요
소중하게 생각할게요

할아버지
하늘나라에서 푹 쉬세요
사랑해요

영혼이 순수하신 형님

"나뭇가지에 하얀 눈꽃이 예쁘게 피었다.
그런데 벌과 나비가 없는 이유는 눈꽃에 향기가 없어서일까?
날씨가 추워서일까?"(형님이 쓰신 시 중에서)

날씨가 추워서 일 거예요. 아마도.

하얀 눈꽃보다 순수하시고 순진하신 큰형님. 사랑하는 형제의 정과 세상의 연민을 뒤로하시고 또 다른 세상에서 찬송하고 시도 쓰시고 행복하게 지내고 계시겠지요.

우리가 헤어진 지 벌써 네 해가 다 되어 갑니다. 만남과 헤어짐의 연이 어찌 우리들의 의지대로 되겠습니까? 한 알의 솔씨에도 우주의 모든 것이 스며 있다고 하는데 시공의 흐름에서는 찰나이자 영겁이 아닐는지요. 정신의 아름다움과 육신의 어려움을 다 내려놓고 훌훌 떠나신 여행길에 축복을 기원합니다. 행복하시길...

사랑하고 자랑스러운 동생아, 대기만성이라고 어렵고 길었던 그 어려운 박사과정까지 멋지게 마무리한 것에, 다시금 찬사와 칭찬과 박수를 보낸다. 그냥 잊힐 뻔한 큰오빠의 순수한 시들을 찾아내서 예쁘게 꾸미고 색칠하는 모습이 아름답구나!

올해는 유난히도 봄가뭄이 심하다가 칠월 한 달 내내 지루한 장맛비가 내리더니 팔월 한 달은 입추, 처서가 지났는데도 열대야가 계속되는 이상고온의 어려움에도 큰형님의 순수한 영혼의 시를 정리한다는 점에 동생에게 큰 감사를 보낸다.

육신의 어려움 때문에 순수한 영혼의 필체들이 잘 정리 정돈되어 있지 않은데... 사랑과 연민이 없으면 어찌 이루어질 수 있으랴... 사랑하는 동생의 전도에 힘찬 응원을 보낸다. 형제자매 가족 여러분들의 가정에 건강과 행복을 기원합니다.

자연농원에서 둘째 설이가

나의 갈길 다가도록

나의 갈길 다 가도록 예수 인도하시니
어려운 일 당한 때도 족한 은혜 주시네
믿음으로 사는 자는 하늘 위로 받겠네
무슨 일을 만나든지 만사형통 하리라
무슨 일을 만나든지 만사형통 하리라

형님의 찬송가 소리가 귓가에 맴돌고 눈에 선하다. "외로운 소나무 모두 떠난 빈자리 나 홀로 서 있네." 아프지 않으셨다면 드넓은 세상 마음껏 달려봤을 텐데... 아픈 고통의 채찍을 맞으며 돌고 돌아가는 형님이 쓰신 팽이의 시에 눈물이 난다.

가족에 대한 사랑, 감당할 수 없는 무거운 짐을 주 앞에 내려놓고 사랑으로 안내하며 믿음에 본을 보이시고 우리를 향한 눈물의 기도가 응답되고 복을 주신 하나님께서 기뻐하시는 축복 받은 자 되셨습니다. 족한 은혜의 삶을 살 수 있도록 기도해 주셔서 감사합니다.

형님의 삶이 오롯이 녹아 우리 맘 가운데 들어와 빛을 비추고 우리의 삶에 이정표가 되었습니다. 맑고 순수하고 온화한 미소와 함께 형님을 기억하며 주변을 품고 올바른 삶을 다짐합니다. 부모님 누나들과 평안을 누리시고 지켜주세요. 그립고 보고 싶고 사랑합니다.

셋째 동생 병범

그리운 형님

그리운 형님, 한결같은 모습으로 우리들을 맞아주시던 모습이 눈에 선한데 이제는 보고 싶어도 사진으로만 뵐 수 있네요. 형님이 살아계실 때는 항상 그 자리에 계실 줄 알았는데 그렇게 빨리 허망하게 가실 줄 몰랐습니다.

살아계실 때 한 번이라도 더 찾아뵙지 못한 것이 후회돼 마음이 아프네요. 추석이라 형님 산소에 벌초하고 내려오면서 형님이 살아생전 어려운 환경 가운데서도 감사함을 잃지 않으셨던 형님 모습에 대해 다시 한번 생각하며 둘째, 셋째 형님과 담소를 나눴답니다.

형님, 한없이 그립고 보고 싶네요. 형님을 사랑하는 마음은 너무나 큰데 표현하지 못한 아쉬움이 후회로 남아 글로 대신 마음을 전합니다. 언젠가 형님을 만나 뵙는 날 활짝 웃으시며 반겨주신다면 사랑하는 형님을 안아드리고 막내의 미안한 마음 전해드리겠습니다.

형님 천국에서 행복하게 지내세요. 사랑합니다.

막내아우 병필

아주버님

항상 같은 자리에 앉아 매일매일 성경을 읽으시고 기도하시고 작은 문을 통해서만 볼 수 있었던 밖의 세상에서 내리는 하얀 눈을 바라보며 향기 없는 꽃이라 표현하시고, 굴뚝에서 올라가는 연기를 보며, 어머님의 사랑을 표현하셨던 아주버님, 자식들과 주변 사람들에게 평생 존경을 받으시며 살 수 있었던 건 평생을 옆에서 아기같이 먹이시고, 씻기시고, 사랑의 눈으로 봐주셨던 어머님의 큰 사랑이 있었기 때문이 아니었을까?

일회용 기저귀를 쓰며 맘만 먹으면 얼마든지 사다 먹일 수 있는 이유식에 모든 게 풍부한 시대를 살면서도 아기 키우기 힘들다고 투정하는 요즘, 우리 아이들을 보면 문득문득 어머님의 인생이 떠올려져 목이 멜 때가 있다. 아버님 돌아가시고 모든 것이 풍족하지 않았던 시절에 여러 자식과 아픈 큰아들까지 홀로 바르게 키우시느라 얼마나 고단하셨을까?

그럼에도 항상 씩씩하시고 부지런하셨던 어머님이 계셨기에 몸은 자유롭지 못하셨지만 시를 쓰시며 주변 모든 사람을 위해 항상 기도하시며 긍정적으로 존경받는 아버지로 평생을 살 수 있었던 것이 아닌가 생각한다.

평생 어머님 모시고 남편 섬기며 열심히 사신 큰형님 나라에서 받는 효부상 문패도 자격이 안 된다며 서랍 깊숙이 넣어 놓으신 우리 큰사람 형님, 존경합니다. 어머니, 큰형님, 애쓰셨어요.

그리고 감사합니다.

막내 빈

기도

아무 생각 없이, 아무 문제 없이 하루하루 살아가다가 이따금 인생에서 어려움을 겪곤 한다. 아무 이유 없이 아플 때나, 대입을 앞두거나, 취업을 준비하는 등 어려움은 항상 예고 없이 찾아온다.

그럴 때마다 나의 어려움을 눈치챈 부모님은 항상 나에게 말씀하셨다. 큰아버지가 너를 위해 매일 기도하고 계신다고, 잘 해결될 것이라고. 그런 말씀을 들을 때마다 주님에 대한 나의 부족한 믿음에도 하나님의 신실한 자녀인 큰아버지가 기도해 주신다니, 왠지 마음의 위안이 되었다. 그리고 그런 계기가 있을 때 이따금 큰아버지를 떠올렸다.

그렇다. 나에게 큰아버지는 가끔 힘든 일이 있거나, 명절 때 찾아뵐 때 한 번씩 떠올리는 분이었다. 큰아버지를 기리는 아버지의 글을 읽으며 나도 큰아버지를 떠올려 본다. 그러다 문득 한 가지를 깨달았다.

나는 가끔 큰아버지를 떠올렸지만, 항상 나를 기억하고 기도하고 계셨다. 내가 아파서도 아니고, 대입을 준비해서도 아니다. 그냥 나를 사랑하셔서 나를 위해 매일 같이 쉬지 않고 기도하고 계셨다.

아무런 이유도, 조건도 없이 나를 위해 기도해 주신 큰아버지. 큰아버지, 이 조카는 너무 늦게 그 큰마음을 알게 되었습니다. 정말 죄송합니다. 그리고 사랑합니다.

이제 제가 큰아버지를 위해 기도하겠습니다. 천국에서 항상 행복하세요. 나중에 웃으며 만나요.

큰아버지를 사랑하고 존경하는 조카 홍준

사랑하는 오빠

오빠의 글을 정리하면서 나도 어린 시절 추억 여행을 한 것 같아요.

엄마에 대한 추억, 그동안 몰랐던 오빠의 여러 가지 다양한 생각과 감정을 공유할 수 있어서 너무 행복했어요. 마지막까지 가족들에게 좋은 추억을 남겨 주셔서 감사합니다.

지금은 하늘에서 엄마랑 휠체어 없이 행복하게 뛰어다니고 계시겠지요?

우리도 살면서 오빠의 아름다운 마음 잘 간직하고 건강하게 열심히 살다가

건강한 오빠 만나러 갈게요.

오빠 감사하고 사랑합니다.

(오빠의 글을 정리하면서...)

막내 수안

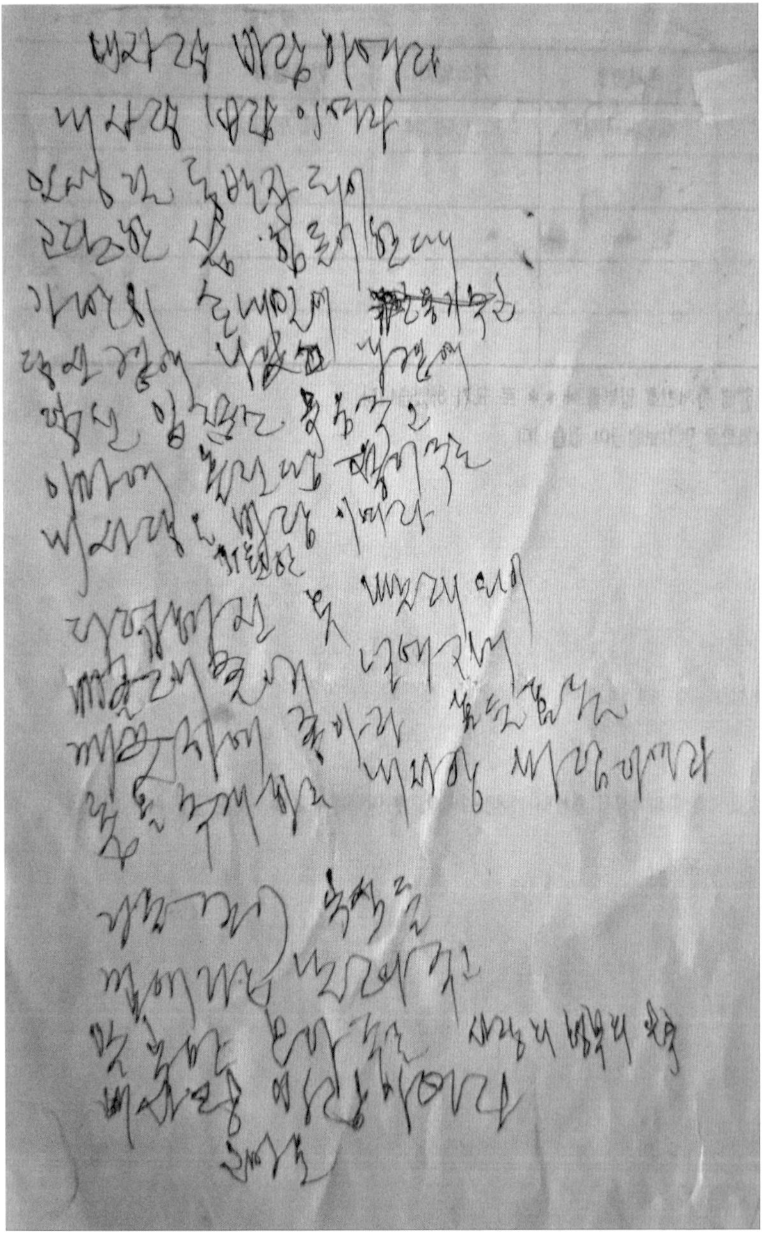

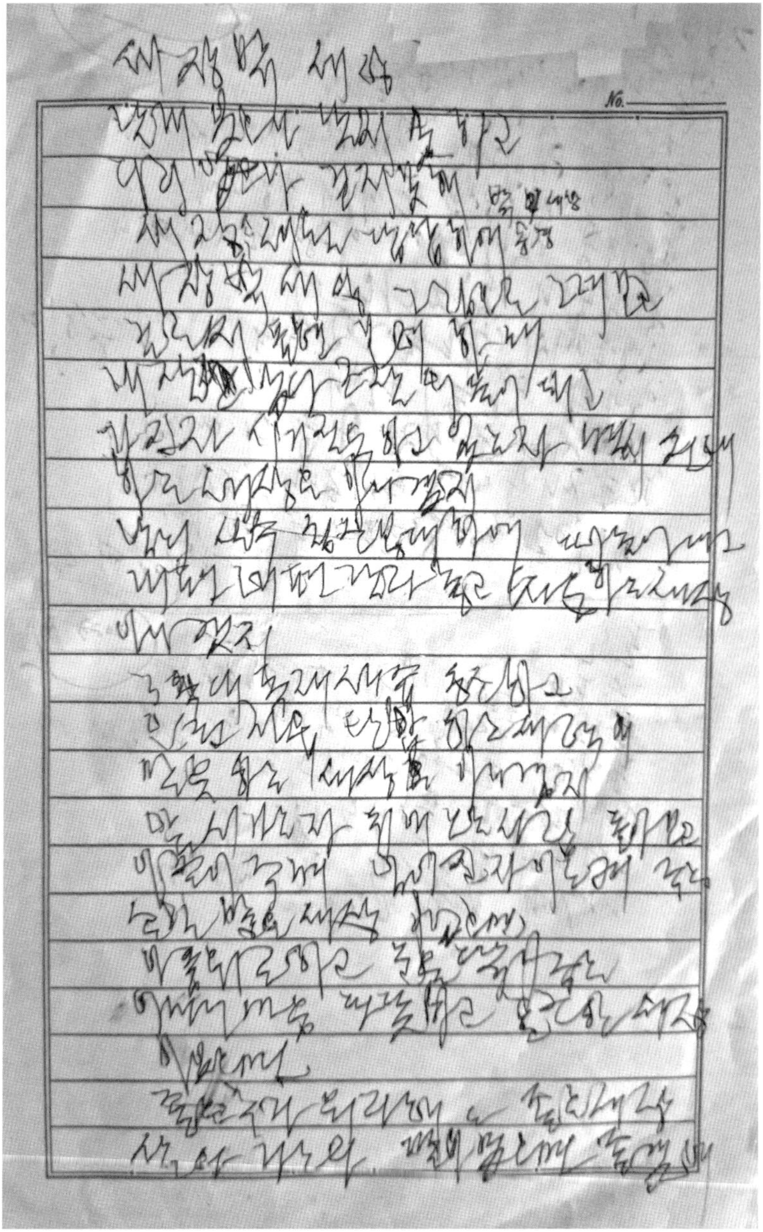
No.

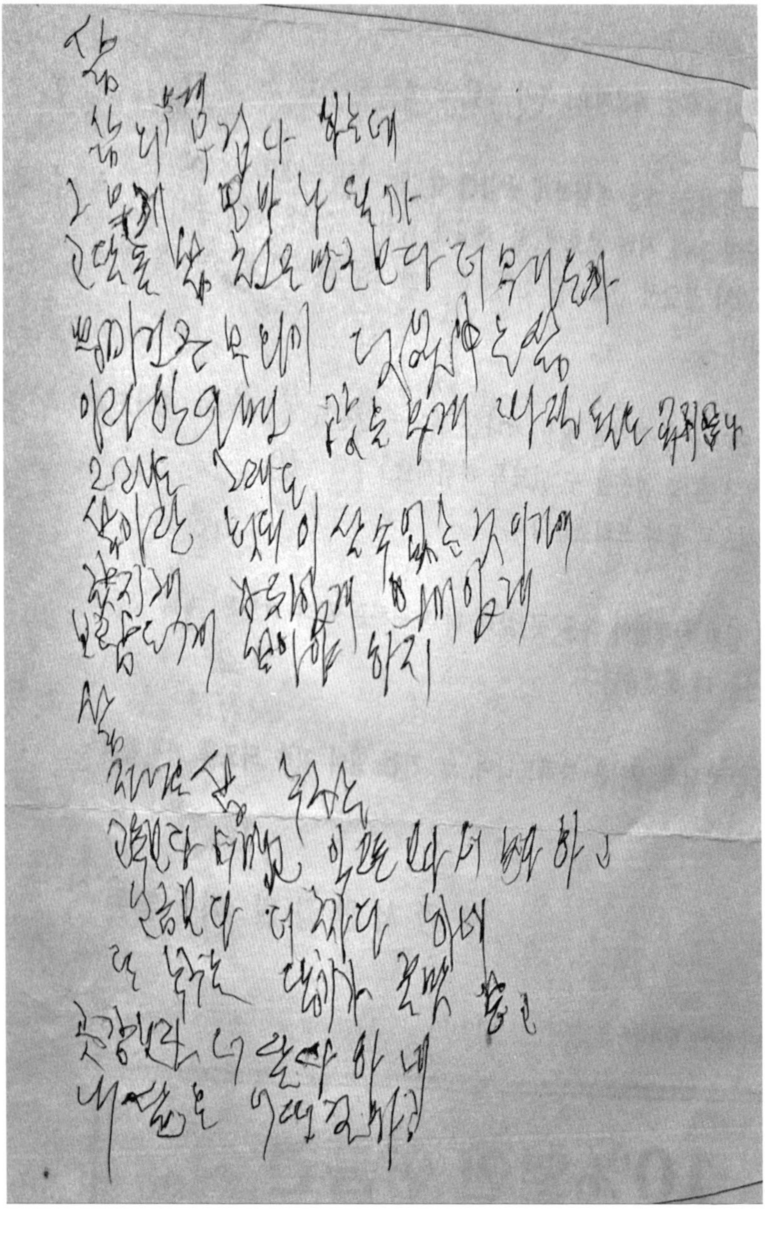
삶
삶이 무겁다 하는데
그 무게 얼마나 될까
[illegible]
[illegible]
[illegible]
[illegible]
[illegible]
[illegible]
[illegible] 하지
삶
지나간 삶 후회는
[illegible]
[illegible]
[illegible]
[illegible]
[illegible]

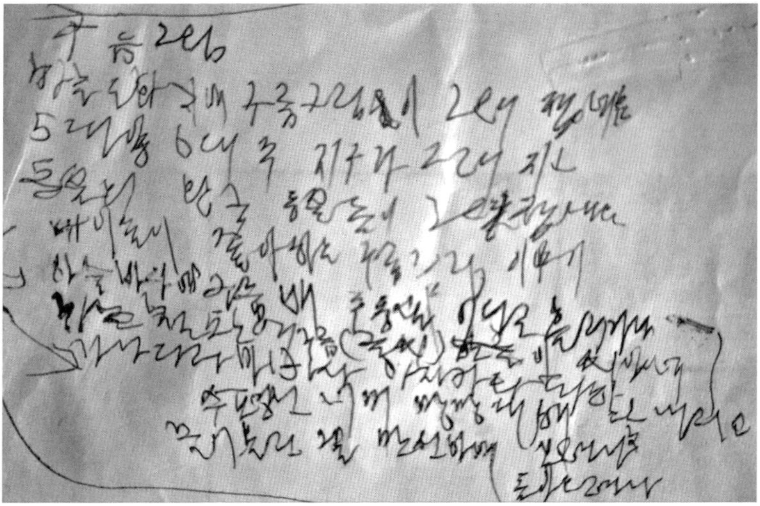

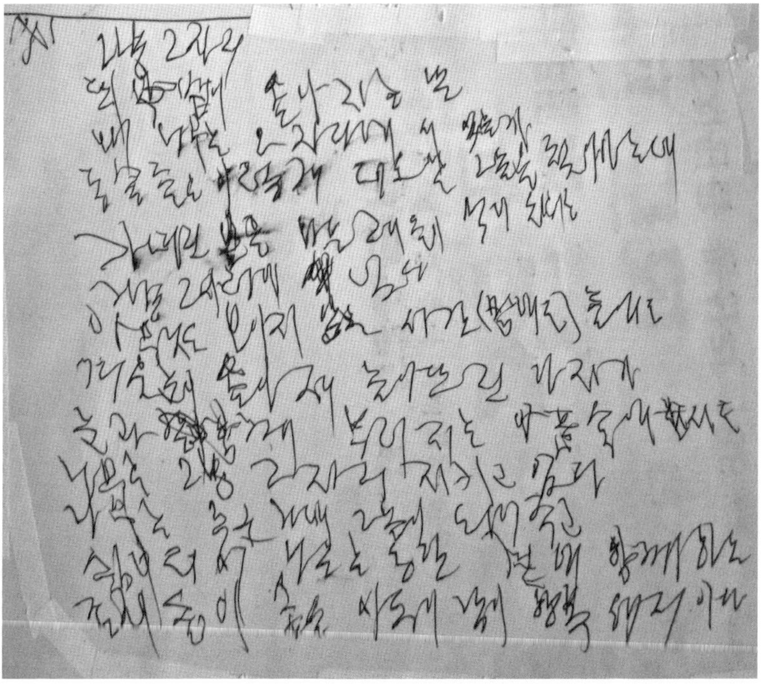

초판 1 쇄 _ **2023년 10월 31일**
지 은 이 _ 최수안
펴 낸 이 _ 김현태
디 자 인 _ 디자이너 장창호
펴 낸 곳 _ 따스한 이야기
등　　록 _ No. 305-2011-000035
전　　화 _ 070-8699-8765
팩　　스 _ 02- 6020-8765
이 메 일 _ jhyuntae512@hanmail.net

따스한 이야기 페이스북, 인스타그램
https://www.facebook.com/touchingstorypublisher
https://www.instagram.com/touchingstory512

따스한 이야기는 출판을 원하는 분들의 좋은 원고를
기다리고 있습니다.

가격 12,000원